漫娱图书
SINCE 2006

唇齿

苏玛丽 著

长江出版社 CHANGJIANGPRESS 漫娱图书

目录 Catalogue

ChunChi

冷不丁闻烬忽然凑近，薄唇离她的脖颈很近。

蒋婉脊柱一麻，整个人无措地顿在那，一动不动。

男人只是凑到她脖颈的位置轻轻嗅了嗅。

有温热的呼吸喷洒到她脖颈，她后脊一热，手臂都颤了一下。

CHUNCHI

CHUNCHD

他喉结一上一下地滚动着，男性荷尔蒙爆棚，性感撩人。

蒋婉伸手擦掉他脸上的汗，红着脸伸头想亲他的脸，却没够着，亲到了他的耳朵。

闻烬偏头看过来，眼底的墨色浓郁，嗓音沙哑极了。

"蒋婉。"

"再亲一下。"

他不喜欢被人包围的感觉。

也不喜欢许许多多人高声喊着他的名字。

那些呼声于他而言，就是吵闹。

这些年来，他就是在这样的环境下成长。

他融入不了别人的世界，别人也融入不了他的世界。

直到他遇到蒋婉。

CHAPTER 01

我 们 是
平 等 关 系
Equality

　　蒋婉提着一袋子新鲜蔬菜回来时，才刚到楼梯口转角，就听到 203 室传来的争吵声。

　　他们平均一周吵一次，大多集中在周一。而今天，是周五。

　　她转了身往楼下走，准备过一会儿再上去，却出乎意料地从那片争吵声中听到了自己的名字。

　　"魏纪元你要不要脸？啊！我问你要不要脸？蒋婉她坐过牢！她连出去找份正经工作都不行！你看上她什么？你是不是打算跟她过啊？我就问你！你是不是要我给你们腾地方？"

　　"别吵了，她马上回来了……"是魏纪元的声音。

　　"行！她回来正好！我给你们腾地方！魏纪元你等着！"

　　门被打开，何映彤满脸是泪地冲出来，就看见了楼道里站着的蒋婉。她一句话没说，冲下楼就往外跑。

　　蒋婉提着袋子追出去。

　　何映彤没跑远，就在楼门口花园边上。她从口袋里掏出烟来点上，一边抽一边平复心情。

片刻后，她冲蒋婉说："你搬走吧。"

"嗯。"蒋婉点头。

何映彤看了她一眼，问："你在想什么？"

"在想住的地方。"蒋婉老实地回答。

何映彤转过身，面对面盯着蒋婉问："你不喜欢魏纪元？"

蒋婉摇头。

何映彤简直不知是该哭还是该笑："你知道吗？你只要上去跟魏纪元说你也喜欢他，被扫地出门的人就是我。"

蒋婉脸上没什么表情，只是安抚地拍了拍何映彤的肩膀："我不喜欢他，你别担心，我待会儿就搬出去。"

"你搬去哪儿？"何映彤把烟掐灭了。

蒋婉是半年前跟何映彤合租的室友，因为一直没什么稳定工作，又爱打扫卫生洗衣做饭，后来何映彤见她节省得厉害，就主动免了她的房租，只让她做点儿家务抵消。

但今天早上，她起来时，发现魏纪元在洗手间偷偷闻蒋婉的内衣，两人吵了起来。

何映彤觉得天都塌了，那一刻，她恨蒋婉，更恨自己。她就不该贪便宜省房租把第二间卧室租出去，不然也不会遇到蒋婉。

蒋婉轻声说："网上找。"

何映彤呼出一口气："我给你介绍个地方，是一个客户的朋友在招家政阿姨，就是听说这人有点儿古怪，一个月下来辞退了不少家政阿姨。不过，我觉得你能行，你比较能吃苦，任劳任怨的，应该能跟他处得来。"

她没说的是，蒋婉这个性子跟谁都能处得来。大概是因为刚出狱不久，蒋婉逆来顺受惯了，什么脏活累活都抢着干，典型的讨好型人格，也不太喜欢说话，只知道埋头做事，很适合做家政。

"包住吗？"蒋婉比较在意这点。

何映彤：……

"你也古怪。"她拿出手机，把电话拨了出去，"包不包住我先问问。"

"好。"蒋婉真诚地冲何映彤说，"谢谢你。"

"别谢了。"何映彤揉了揉哭得泛疼的眼睛，"我不想看见你，这是实话。"

"我知道。"蒋婉还是微笑。

何映彤又看了她一眼。

蒋婉刚过来时，头发很短，几乎就比男人的寸头多一两厘米，戴着口罩，皮肤蜡黄，整个人看起来既憔悴又不堪。

她一开始还嫌弃蒋婉长得太丑了，不想让她搬进来，后来见她手脚麻利，干活勤快，也就忍了。

可过去半年，蒋婉头发长长了，皮肤也白了，摘了口罩的那张脸，清纯秀气，算不上特别惊艳，却十足耐看。

何映彤起初还替蒋婉高兴，夸她人变漂亮了，可直到今天，亲眼看见自己男朋友干的龌龊事，她才发现自己错得有多离谱。

蒋婉按照何映彤给的住址找了过去。

打电话没通。

敲门没人应。

她就蹲在门口等。

直到一小时后，门被人打开，门内站着一个个头极高的男人。他穿一件纯白 T 恤，底下是一条浅咖色七分裤，露出的小腿结实有力，汗毛浓密。

他皮肤偏白，眉形上扬，瞳仁很黑，却没什么表情，眼下有卧蚕，很漂亮的一道痕迹，衬得那双眼睛分外迷人。

"家政阿姨？"他抬眼打量她，声音和他的长相不太符合。是那种低音炮，特别……好听。

蒋婉应声："是，何映彤介绍我来的，你好，初次见面，我叫……"

男人不等她说完就打断她："里面有个房间，自己收拾，能住就住，不能住就出去自己找地方。合同在桌上，你看了没问题就签，有任何问题发消息，我号码在桌上。"

"好的。"蒋婉微笑。

男人已经转身进去了。

蒋婉跟上，把门仔细关上了，才换了鞋进去。

客厅和房间并不乱，只是有不少果汁洒在地板上没有及时清理，形成了干涸黏腻的脏污。果汁被洒在客厅与卧室的周围，应该是一整杯的量。蒋婉有些奇怪，这么多果汁像是故意倒在地板上的，因为果汁顺着去洗手间的方向洒了一路。

应该没人会拿着果汁去洗手间喝吧，除非……他真的是怪人。

蒋婉先看了一眼合同，确实没什么问题，拿起边上的笔签了字，随后把合同放在茶几上，戴上手套和帽子开始做清洁工作。

她做事麻利，花了两个小时打扫完房间，还拿了玄关处小鹿脑袋上挂着的一串钥匙，去楼下买了食材放在冰箱里。

休息了一会儿她就开始做饭。

已经中午一点半了，那个男人却没有再出来过。

蒋婉没有打扰他，把饭做好后，自己吃了一点儿，接着又去整理她今晚要住的房间。

房间比主卧小一点儿，设计比较中性化，只是一直没人住，里面灰尘很多。

蒋婉开了窗通风，又买了几盆吊兰放在房间里。

收拾妥当后，她开始收尾工作，将所有垃圾打包放到门口，再将地板仔细清理一遍。

清理完毕后，她存了男人的号码，给他发了条信息：*我回去拿行李，饭做好了，在桌上。*

她的行李很少，但电脑和录音设备比较贵重，担心坐公交会被挤坏，她难得打了车。

回来时，餐桌上的饭菜被吃过了，看得出男人有些挑食，只吃肉，不吃青菜。

蒋婉默默记下他吃的几样菜，随后收拾好餐桌，把自己的行李安置到房间里。

这个房间比她原先住的要大一些。她把电脑和录音设备先放在桌上，换下床单拿去清洗后，才进洗手间洗澡，这一天她出了很多汗。

洗完澡回到房间，她拿出自己的洗漱毛巾和牙刷准备放到洗手间，结果一开门就看见男人正站在马桶前。

蒋婉正要装作没看见，把门关上，就见男人提上裤子，面无表情地走了过来。

男人眉毛拧着，低音炮的嗓音很性感："看到了？"

蒋婉赶紧低着头道歉："对不起，我不是故意的。"

男人看着她，面无表情，声音冷漠："为了避免尴尬，我们需要公平一些。"

什么公平？

蒋婉还没反应过来，就见男人目光转向马桶，又偏头看向她，那意思不言而喻。

蒋婉错愕地瞪大眼，脑子里只剩一个想法——

他是在开玩笑吧？

晚上，何映彤打电话问蒋婉感觉怎么样。

蒋婉回想起下午在洗手间的那一幕，整个人既羞耻又难堪，嘴上却是挤出笑："挺好的。"

"真的吗？"何映彤困惑了，"那个客户说，他这位朋友很古怪，一个月换了四五位家政阿姨，倒也不是脾气多坏，就是说古怪。具体我也不太清楚，但是为人没什么问题，不会暴力打人，也不会……对你做什么过分的事情。"

"我知道。"蒋婉心想，她已经见识过了男人的"古怪"。

从洗手间出来后，男人并没有觉得自己的行为有什么不对，面无表情地回了自己房间，留下蒋婉一个人尴尬地在洗手间待了好一会儿才出来。

她根本不明白，男人这么做的理由是什么。只能归结为他这个人性格古怪，甚至可以说有点儿毛病。

"蒋婉。"何映彤诚恳地说，"以后有事你还可以找我，我认你这个朋友。"

"谢谢你。"

挂了电话，蒋婉把洗好的床单拿出来准备晾晒，途经客厅时，她顿住了脚。

天已经黑了，客厅没有开灯，一片漆黑。

这片黑暗中，冰箱门被打开，那片冷白的光倾洒出来，尽数落在坐在地上的男人身上，他面朝着冰箱，长腿屈着，低着头，在地板上下棋。

蒋婉目不斜视地走过去，到了阳台上，把床单挂上去，抖了抖，晾起来。

回来时，她不自觉看了男人一眼。

他头发很长，戴了个发箍，把头发全部箍在脑后，露出饱满光洁的额头，眼下的卧蚕在冷白的光下愈发明显。他垂着眼睛，目光专注地看着地上的棋子。伸出来的那只手修长干净，肤色很白，底下的血管清晰可见。

何映彤说他是退役的职业电竞选手，蒋婉以为他的手应该会由于过分使习而粗壮难看，没想到会是眼前这样——指节修长，骨节分明，漂亮又精致。

蒋婉没有打扰他，给他倒了杯水放在地上后，才回房间开始做直播。

她做的是一种助眠直播，不露脸，只有声音。

通常她会利用梳子棉签等小巧的东西，制作出频率一致的声响，让人闭上眼戴着耳机聆听时获得精神上的愉悦。

有个狱友是做唱跳直播的，据说赚了不少钱，蒋婉请教了她很久，又在图书馆里看了不少书，蒋婉出来第一件事就是赚钱买电脑和录音设备。

她想赚钱，赚很多的钱。这样……以后爸妈就不会为了钱，将她抛弃了。

她的人生在监狱里耗费了九年，出来时，她几乎都快分不清今夕何夕，也险些忘了自己今年多大。

她刚从监狱出来的时候，走在路上都缩着肩不敢抬头，外面和里面太不一样了，连太阳都明亮得让她不敢抬头直视。

她十九岁进去的，和她同龄的人都在大学里，而她在监狱里，生日那天只能抬头看着漆黑的天，无声地许下一个个心愿。

想出去。

想好好地过生日。

买个大蛋糕，最好是三层的。

九年间，家里没人来看过她。蒋婉寒了心，出狱也没有去看望父母。她没有钱，出来时找日结的兼职做，没日没夜地做，攒了近一个月，才攒了笔租房的钱。可是每个房东都要押金，她找了很久才遇到何映彤。

那是她第一次感恩这个世界上有好人。

何映彤给了她很多帮助，教她玩电脑，教她穿衣打扮，还会把自己的漂亮衣服送给她，减了她的房租，还会带她出去吃饭。

蒋婉赚到第一笔直播费就买了昂贵的香水作为谢礼送给何映彤。

她以为，她们能一直当好朋友，在一起生活很久。她甚至偷偷地攒钱，准备在何映彤和魏纪元结婚时给他们包一个特别大的红包。

可惜事与愿违。

她戴上耳机，将直播打开，在屏幕上打字：**欢迎各位收听的宝宝们，直播倒计时开始。30，29，28……**

闻烬以为蒋婉会主动辞职，但没想到她留下来了。

面对他那么古怪的要求，她非但全部照做了，甚至在他坐在地板上下棋时也没问他任何问题，还为他倒了一杯水。

他的目光落在那杯水上，想起她说话时那双带笑的眼睛，拿棋的手指微顿。

她和其他人有点儿不一样。

他很少在下棋的时候走神，但今晚走神了两次。

回到房间后，之前卖房的中介打电话问他，今天过去的家政阿姨怎么样，满不满意。

他顿了几秒，回了句："嗯，可以。"

只是不知道她之后会不会被他吓跑。

蒋婉只做晚间直播，从十点开始播到凌晨一点结束。

每次直播她都会存档，这样方便新来的粉丝点击观看直播历史。

她桌上的工具很多，小瓶子有十几个。很多粉丝喜欢听扭开瓶盖的声音，更多的喜欢听掏耳朵的声音，还有不少喜欢听泡泡的声音。

她几乎不出声，偶尔出声，也就是用嘴巴发出一个"啵"的声响，像是小鱼吐泡泡。

屏幕上有粉丝留言，她才会吐一个泡泡，没有留言，她就安静地用羽毛或棉签轻轻扫着麦克风。

凌晨一点的时候，她收工结束，没有发出任何声音，安静地关了直播。

这是她的习惯，她不会像其他主播那样说晚安什么的，因为她总觉得自己的普通话有口音，担心被人听出来，所以一直不敢出声。

但是何映彤夸过她，说她的普通话几乎听不出口音。

她在监狱里，除了看书就是读小说给其他狱友听，她们喜欢听她读书，说这样听着感觉心灵都得到了升华。

她也喜欢读书，在学校里，她的文科成绩很好，高考填的志愿是国内排名前五十的文科大学，专业选了汉语言文学。她打算到了大学以后学习少数民族的语言，还想选修西班牙语和阿拉伯语等。

因为老师说过，学习罕见的语种会让你多一项技能，也会让你多一个闪光点，到大学毕业出去找工作时，或许你就会因为比同去面试的同学多会一门语言，而被面试官看上。

蒋婉并没有想太多，她只是纯粹地想学各种各样的生动有趣的语言。

她畅想了太多有关大学的美好，只是后来才发现，美好的东西就像泡沫，是易碎品，不能轻易拥有。

收拾完桌子，蒋婉打开门去洗手间。

开门的瞬间她愣住了，客厅的灯开着，男人手里拿了杯果汁，果汁正随着走路的动作一路洒到洗手间门口。

早上的猜测得到了证实，果汁真的是男人故意洒的。

只是，他为什么要这样做？

蒋婉轻声问："你是不是讨厌我？"

男人没说话，重新打开冰箱门，从里面拿出一颗鸡蛋，"啪嗒"一下丢在地上。

蒋婉走到他身后："闻烬先生，我想，我们需要好好交谈一下。你是不是讨厌我，不喜欢我在这里，所以才会故意这样做？"

男人转过身，像看不到她似的，又拿了瓶果汁打开往地上倒。

蒋婉有些生气，却在伸手即将触碰到闻烬的那一刻看见了他的眼睛。他眼睛半合，处于睁开又没全睁开的状态。

蒋婉蒙了。

梦游？

她退开几步，诡异地打量他——

男人个头近一米九，面上没什么表情，从冰箱里一次次拿出饮料和果汁往地上倒，倒完又去翻冰箱，直到把东西全部翻干净了，这才走回自己的房间，把门关上。

虽然监狱里也有梦游的人，但她只是听说过，这还是第一次真正看见，因此她到现在还有点儿害怕。

她不知道梦游的人会做什么，但是据说监狱里的那个人差点把别人掐死了，最后被送到单独的房间关禁闭。

等男人回到房间后，她才有些后怕地拿了拖把开始拖地。

她忍不住想，他在梦游的时候应该就只是把果汁倒在地板上，应该不会做伤害别人的事，不然的话，何映彤也不会介绍她来这儿。

蒋婉到底还是有些害怕，打扫完之后她就回到房间锁了门，还找了把椅子抵在门后，做完这些后，她才安心地躺下。

闻烬早上一起来就去洗手间洗手，他昨晚梦游了，手上沾了果汁，很黏。

出来时，他注意到地板已经被拖干净了，垃圾袋也扎好了袋口，被放在厨房垃圾桶的边上。

他看了眼客房的方向，有些意外，这个看起来胆子不是很大的女人居然没有被吓跑。

出门晨跑之前，他看了眼合同。女人字迹秀丽，名字也很温柔。

蒋婉。

闻烬默念了一遍这个名字，脑海里不自觉浮现出蒋婉站在门口的样子。

她有些紧张，说话时眼睛带笑，耳朵和脸颊都是红的。那张脸不算漂亮，却意外地让人觉得顺眼。

闹钟响起来的时候，蒋婉才睡了不到四个小时。

她揉了揉眼睛，爬起来去买菜。

唇齿

　　房间里没有衣柜，所以她的衣服都放在行李袋里。虽然蒋婉已经出来一年多，但她的衣服着实少得可怜，夏天的多一些，因为还有几件薄款睡衣。

　　她比较爱惜东西，旧衣服旧鞋仍被她刷洗得很干净，只是……比不过鞋架上那些白净得像是在专柜里摆着的鞋子。

　　弯腰系上鞋带后，她拿起购物袋出门。

　　蒋婉没想到会在楼下遇到男人。

　　他在跑步，不知道跑了几圈，额头上已经有了薄汗。他穿着一身白色运动服，脑袋上扣着帽子，耳朵里塞着耳机，身形挺拔修长，那张脸上充满了阳光和蓬勃的朝气。

　　蒋婉想到之前男人面无表情往地上倒饮料的模样，实在没办法和面前这个人联系到一起。

　　不过她也有些好奇，他知道自己梦游吗？

　　蒋婉买完菜，正好看见男人拿了瓶饮料从超市里走出来。

　　"闻烬先生。"蒋婉走过去，面上带着温柔礼貌的笑，"我买了饮料，你下次如果想喝饮料，可以写清单给我，我会帮你买。"

　　闻烬摘了耳机，偏头看着她。他个头很高，垂下来的眼睛带了几分居高临下的意味。

　　落在空气里的嗓音低哑磁性，说出来的话却不是很中听："你是家政，负责打扫卫生，不是我的保姆。"

　　蒋婉：……

　　蒋婉把菜提回去，进了厨房把东西归类放进冰箱，随后开始做早餐。

　　她不知道他的喜好，本打算只做一份荷包蛋和香肠，但想到刚刚买了面包，就又做了两份三明治。

菜钱是她自己的，但是男人一个月付她八千，算是高薪了，减去伙食费三千，一个月她也能赚五千，还是包吃包住的那种。不管怎么算，都是她赚。

　　吃的方面，她自然不敢怠慢他。

　　男人洗完澡才出来，他吃了荷包蛋，又看了眼三明治，确定里面没有任何青菜之后才咬了一口。

　　"中午你想吃什么？有想吃的可以跟我说。"蒋婉收拾好厨房，走出来倒了杯牛奶递给他。

　　男人掏出手机，修长的手指敲了敲手机屏幕。

　　蒋婉：……

　　他应该不喜欢吃饭的时候讲话。

　　她掏出手机，打开短信界面，输入：**中午想吃什么？**

　　片刻后，男人拿起手机，回复：**随便。**

　　蒋婉：……

　　手机又振了振，新的短信进来，蒋婉打开看了一眼：**以后不要叫我先生。**

　　紧接着，又进来一条：**我们是平等关系。**

　　蒋婉愣了一下，等男人吃完早餐进洗手间洗手，才明白他的意思。

　　她坐在桌上，吃着自己的那份早餐，边吃边回想短信上的那行字，忍不住轻笑。

　　他好像真的和其他人不太一样。

　　蒋婉刚出狱的时候，只能做日结的兼职，见过形形色色的老板，但他们没有一个像闻烬这样的。

　　所有人都在提醒蒋婉她的身份：你只是个打工的。

　　他们想看她卑躬屈膝，想看她卖力工作。

没有人像闻烬这样，明明他是老板，却还要告诉她这个员工：我们是平等关系。

晚上蒋婉做完直播，看见客厅的灯开着，她赶紧跑去打开冰箱。冰箱里的饮料她藏了一部分，只放了两瓶，还好，两瓶都在。

她四下检查了一遍地板，很干净。客厅没人，阳台也没人。

她看了一眼洗手间，灯亮着。

"闻烬先……"她想起那条短信，把最后一个字咽下。

担心他在洗手间梦游出事，她紧张地打开了洗手间的门。

随后她就看见男人光着身体从花洒下出来，他浑身湿漉漉的，额头的湿发被他顺到脑后，露出光洁饱满的额头。他身形颀长，胸腹肌理分明，长腿笔直。

蒋婉瞪大了眼睛，脑子里一片空白。

闻烬走到她跟前，他手里拿了条毛巾，抬起胳膊擦了擦湿发。

他的眉心微微拧起一道弧度，眼神落在蒋婉脸上。

"进来。"他的声音很低。

蒋婉心口一颤："抱歉，我……我不是故意的，我……"

闻烬没什么表情地看着她："进来，别让我说第二遍。"

蒋婉手指紧了紧，硬着头皮走了进去。

闻烬下巴一抬，指着自己先前站过的地方："去那儿。"

蒋婉知道他要做什么，更知道他不会接受任何道歉，因为她之前道歉了十几遍都没用，对方只会告诉她，为了避免尴尬，大家要公平一点儿。

而公平就意味着……他要看回去。

她竟然觉得他这个要求并不过分，因为他是一个对公平有着古怪执着的人，而她荒谬地觉得合理。

　　"我只是担心你在洗手间出事，我不是故意的。"蒋婉仍解释着，"很抱歉，我突然进来，但是我……不是故意的，请你相信我。"

　　闻烬面无表情地盯着她，声音很低："为什么？"

　　"什么？"她没明白他在问什么。

　　"为什么担心我？"闻烬又问了一遍。

　　她根本不知道怎么解释，要说担心他梦游出事吗？可她甚至都不确定他知不知道自己梦游。

　　"没有为什么，我就是……担心你出事。"她没有说出他梦游的事，也做好了被辞退的打算。

　　然而男人只是看着她，声音淡淡的："我知道了。"

　　尴尬的氛围持续了许久。

　　蒋婉低着头羞耻地不敢看他，不知道什么时候才算结束，想抬头出声询问，就见男人低着头垂眸看她的腿。

　　蒋婉：……

　　蒋婉吓了一跳，拿起地上的衣服就往外跑，她跑进房间，把自己裹进被子里。

　　大喘了几口气后，她从被窝里探头，门外没有任何声音。她重重呼出一口气。

　　想起刚才的一幕，她赶紧捂住脸："忘掉忘掉忘掉……"

　　对，她看了他，他也看了她。

　　大家以后不会再尴尬了。

　　但是蒋婉一闭上眼，脑海里全是刚才那一幕。

　　她抓狂地拿起手机，打开音乐，把耳机塞进耳朵里，听了很久的音乐，才缓缓睡着。

第二天早上醒来时，蒋婉还有些不自在。

在厨房做完早饭后，她给闻烬发了条短信。正要出门时，就见男人从门口走了进来。他刚跑完步，额头沁着一层汗。

他低头换鞋，用一只手把着鞋柜，手背鼓起一片青筋，修长的指节因为用力泛着白。

蒋婉原本要出门的，见他正在换鞋，便往边上侧了侧，眼睛却忍不住看向他。

平心而论，闻烬长相不俗，可以说是蒋婉见过的最帅的。他个头挺拔，身高腿长，穿着白色的运动装，只单单站在那儿，存在感就铺天盖地地席卷了整个客厅。

他有一双很黑的眼睛，眼下的卧蚕很深，盯着人看久了，会给人一种极其深情的错觉。

眼下他正目不转睛地看着蒋婉。

蒋婉回过神，近乎慌乱地低着头："我，我去买菜。"

"等一下。"闻烬叫住她，他过高的身体挡在她面前，面无表情地问，"为什么看我？"

蒋婉有些赧然，总不能说看他好看吧。

她小声说："觉得你很不一样。"

听到这话，闻烬的面色有些不好。

蒋婉下意识地又补了句："我以前的老板，都比较苛刻，都会强调自己的老板身份，但是你很不一样，你跟我说关系平等，让我觉得……很奇妙。"

闻烬安静地听着，等蒋婉到玄关换鞋时，才说了句："你也很不一样。"

没有追着问他各种问题，也没有在他下棋的时候来打扰他。

她没有喋喋不休地劝他吃菜，也没有在客厅放音乐大声讲电话，更多时候，她只是在安静地做事。

即便看见他在冰箱前下棋，她也没有好奇地走过来问他为什么坐在地上。

最重要的是，她尊重他想要的公平，就像昨晚。

蒋婉有心想问她哪儿不一样，可一触到对方那双黝黑的眼睛，就会想起昨晚洗手间的情景，她一时哑了嗓子，只匆匆说了句"我去买菜"，随后开门走了出去。

午餐是红烧排骨和糖醋里脊，还有一份杂烩，配料是青菜和肉丸。

她给闻烬发了消息让他出来吃饭之后，就把菜摆好放在桌上，又给他倒了杯果汁，自己则开始收拾厨房。

她洗干净手出来时，看见闻烬杯子里的果汁喝完了，又回到厨房给他倒了杯橙汁递到他手边。

他似乎喜欢各种各样的果汁，她刚来的时候，冰箱里摆满了饮料和果汁。

见他吃完，她拿了张纸巾递给他。

闻烬没接，起身去洗手间洗手去了。

蒋婉刚好收拾完，回到餐桌上坐下时，看了眼桌上的菜，红烧排骨和糖醋里脊被吃了大半，那份杂烩却没怎么动，或许是一点儿都没吃。

她暗暗记下，他应该是一点儿青菜都不愿意吃的。

蒋婉刚吃完，手机上就收到一条信息，是闻烬发来的：不需要等我吃完。

她只是有些不自在，所以才刻意没跟他坐在一起吃饭。但是看着这条信息，她莫名觉得心里一暖。

闻烬真的是很好的老板，除了……某些方面，跟其他人不太一样。

连着工作了两天，蒋婉差不多习惯了每天的工作。

闻烬也不喜欢说话，吃饭的时候蒋婉发了消息，他就出来坐下吃饭，安静吃完，抬腿就走，不会停留一分钟。

蒋婉试着加他的微信，发现他根本没有微信。

于是，她只好给手机加了十元的短信优惠套餐。

他不喜欢吵，也不喜欢别人跟他说话，他似乎一个人独处惯了。蒋婉没见他跟谁打过电话，甚至怀疑他是不是跟自己一样没什么朋友。

因为他一个人坐在地板上下棋的样子很孤独，也和她很像。

从某一方面来看，他们真的有些相似，这种相似，让她对闻烬有极大的包容心。

她甚至为他古怪的行为找到了很好的说辞：一定是因为一个人独处久了，所以才会变得古怪。

她刚出狱的时候，走路都缩着肩，畏畏缩缩的，像个贼，这何尝不是一种古怪？

洗完澡，她出来把床单晾了。她新买的床单，想洗干净晒干留着换。

蒋婉晾完，发现正在下棋的闻烬抬头盯着她看。

她下意识地问了句："我帮你把床单换了？"

男人盯着她看了一会儿，点点头。

白天吃饭的时候，闻烬就在观察她。

她和之前的家政不一样，她不爱打扮，不会化妆，甚至穿在身上的衣服也很朴素。

但她笑容真挚，那句担心他的话也不像假话。

闻烬打开自己的房间，让蒋婉进去打扫。

这是蒋婉第一次打扫他的房间，也是第一次进来。

他的卧室特别大，有一台豪华的电竞椅太空舱，通体纯白，里面放着一台纯白的电脑，纯白座椅上挂着一只白色的耳麦。

他似乎偏爱白色。

就连桌上的水杯，都是奶白色的。

地板上有个扫地机器人，房间里有空气净化器，还有除湿器、降噪器，各种仪器堆满了墙角。

蒋婉挨个擦拭干净，余光看见闻烬伸手探了探座椅，垂眸看指腹。

似乎是干净了，他眉眼微舒，拿上耳麦戴上，往舱里坐下。

他今天穿着白T恤，底下是浅色的七分裤，露出一小截结实的小腿，脚上穿着一双干净的白色运动鞋。

他也在直播，但是他只打游戏，不爱说话，偶尔冒出一两个字，也都是不屑的语气。

"嗤。"

"就这？"

蒋婉整个人趴在床上，才将他的床单铺好。

她洗完澡穿的是长袖长裤睡衣，说是长袖，也不是特别长，她拉床单时明显感觉到自己腰际有些漏风，却没怎么在意，等回头时，才看见闻烬正盯着她的腰在看。

蒋婉耳根一红，抱着换下来的床单冲他说："换好了。"

闻烬单手撑在门上："等一下。"

蒋婉抬头无措地看着他："怎么了？"

闻烬拉了拉衣服，露出结实的腰腹。

蒋婉整个人蒙了。

"好了，你走吧。"他放下衣服，转身进了房间。

蒋婉抱着床单出来，直到走到洗衣机跟前，才明白他刚刚做了什么。

他可真是……公平。

第二天傍晚时，她正在厨房做饭，房门冷不丁被人敲响，她去开门，看见门口站着五六个年轻人。

"欸？你是谁？"几个年轻人目露惊艳，"不会是阿烬的女朋友吧？"

"不是，不是，我是家政……阿姨。"蒋婉觉得自己好像只比他们大几岁，小声地改了口，"你们喊我阿姨也行，姐姐也行。"

"姐姐好！"几人兴冲冲地跟她握手。

"姐姐，我叫驴打滚！"

"姐姐我叫铜锣烧！"

"姐姐我叫 Double A！"

"姐姐我叫 cool guy！"

还有两人没来得及介绍，闻烬就打开门走了出来，看见门口站满了人，一群人的手全黏在蒋婉手上，他眉心一皱。

"你们怎么来了？"

蒋婉把手抽出来，退了几步走到闻烬跟前："好像是来找你的。"

"阿烬，我们来给你过生日。"叫铜锣烧的年轻人从身后拿出一个蛋糕，"Surprise——惊不惊喜？！"

闻烬面无表情地看着蒋婉说："把门关上。"

"欸欸欸！"那群人赶紧挤进来，"别啊！阿烬！"

蒋婉没想到今天是闻烬的生日。

更没想到，有人过来陪他过生日，他竟然满脸嫌弃。

她在厨房忙着炒菜，那几个年轻人也来帮忙，有的帮她洗菜，有的帮她洗碗刷锅，他们个个都很活泼，话也很多，和闻烬简直像两个世界的人。

可他们竟然是朋友。

"我们以前都是 AY 战队出来的，现在大家都退役了，有的当职业教练，有的当游戏解说，有的当主播。其实联系已经很少了，现在也就到了大家生日这天才能凑到一起。但是阿烬从来不帮我们庆生的，我们也就在他生日这天能见到他……"

铜锣烧戴着黑框眼镜，个头不高，长着一张娃娃脸，眼镜下的那双眼睛很大很亮。

他站在蒋婉边上，一边帮她洗菜，一边跟她讲一些八卦："阿烬这人不好相处吧？他刚去我们那边的时候，就跟我们教练打了一架。"

"为什么？"蒋婉有些吃惊。

那个男人虽然看着古怪，却不是喜欢动手打人的性子。

"我们教练喜欢打击式教学，就是会不停地打击你，即使你游戏打得很好，他也会说你不行，试图激发你更多的潜能。结果，阿烬来了之后，跟人比赛打赢了，一站起来，就听到教练说他'别以为你赢了就能沾沾自喜，在我这，你就是个菜鸟'，教练刚说完，就被阿烬一拳撂倒了。"

"后来呢？"蒋婉忍不住问。

"后来他打比赛赢了，特别火，从国外比赛完回来，整个机场通道里都是来接机的粉丝，粉丝们疯了一样地喊他的名字，喊得嗓子都哑了。"

"他肯定没反应。"蒋婉说。

"对！你怎么知道！"铜锣烧哈哈大笑起来，"阿烬他太冷漠了，除了打游戏，基本不跟别人沟通，而且性子吧，你要说他怪，他又很正常，你要说他正常，他又跟一般人不太一样。"

蒋婉深有体会，正想点头，就见闻烬不知何时走了过来。

他比这群人都要高，也是这群人中长相最突出的一个。

"我要出去，你跟我一起。"他看着蒋婉说完，转身就往外走。

"欸？阿烬你出去干吗？不过生日了？"其他几个人围过来，"还有，你把这位漂亮姐姐也带走是什么意思？"

"字面意思，如果她在我这儿出了事，我要承担一定的责任。"闻烬面无表情地说。

"你说什么呢！我们是那种人吗？！"铜锣烧叫嚣起来。

闻烬看着他："不知道，有可能是。"

众人：……

蒋婉尴尬地看着眼前闹剧一样的场面，最后跟在闻烬身后走了出去。

男人只是到楼下保安室取件。

蒋婉以为他是想让她帮忙拿，当她伸手要帮忙时他却拒绝了。

蒋婉忍不住问："你不会真的是担心他们会对我做什么，所以才叫我下来的吧？"

"是。"闻烬抱起两个鞋盒大小的快递转身往回走。

蒋婉有些费解："他们是你朋友，你为什么会担心这个？"

"他们是他们，我是我，我不了解他们，也不知道他们会不会做什么。我只知道，"闻烬目光转向她，"自从那天看见你的身体，我的中枢神经系统就一直处于兴奋状态。"

蒋婉：……

蒋婉回去时，把自己关在房间里做了好几个深呼吸，这才恢复表情，开门出去。

只是切菜时，她的目光不受控地看向沙发上正在拆快递的

闻烬。

他不是在开玩笑吧?

蒋婉的耳根充血似的发烫,她低头拿了盘子去洗,被冷水浸了手,脑子里终于清醒了些。

或许是开玩笑,因为他就是那样古怪的人。

蒋婉深吸一口气,就当是没听到吧。

快递打开是两双运动鞋,似乎是哪个明星的签名款,那群人在客厅里尖叫起来,还拿起那双鞋自拍合影。

闻烬有个衣帽间,里面除了纯白色的Ｔ恤和运动服,就是放满两面墙的运动鞋。有些款式颜色一模一样的鞋子,他足足有十双。

蒋婉搞不懂他的品位和喜好,只是感慨他的衣帽间比她的房间都要大,而她还不知道什么时候能拥有一套属于自己的房子。

闻烬的生日宴十分无趣,他的队友们很是热烈地在炒气氛,奈何当事人没有半点儿兴奋的神色,反而皱着眉,一脸不爽。

几人切了蛋糕,吃了点儿饭菜就准备回去。

临走之际,铜锣烧趁蒋婉在厨房收拾碗筷,悄悄地问闻烬:"那位漂亮姐姐单身吗?"

"不知道。"闻烬面无表情。

"她身上好香。"铜锣烧扶了扶眼镜,"没有的话,我就追了。"

说着他去了厨房,厚着脸皮问蒋婉要微信号码。蒋婉见他是闻烬的朋友,不太好意思拒绝,便同意了。

等其他人全部离开后,她过来收拾茶几,弯着腰,伸出手臂去拿闻烬面前的两只杯子。

冷不丁闻烬忽然凑近,薄唇离她的脖颈很近。

蒋婉脊柱一麻，整个人无措地顿在那儿，一动不动。

男人只是凑到她脖颈的位置轻轻嗅了嗅，温热的呼吸喷洒到脖颈处，她后脊一热，手臂都颤了一下。

"你……在做什么？"她拿起杯子，站直身体，后颈却无端出了汗。

"铜锣烧说你身上很香。"闻烬看着她，目光坦诚直白，"确实很香。"

蒋婉：……

她面红耳赤，拿了杯子就往厨房的方向快走。

闻烬站起来，跟着她到厨房："刚刚我闻了你，现在，你可以闻我。"

蒋婉整张脸爆红，扭头看了他一眼，又猛地撇开视线，把水杯丢进水槽里："我不闻！"

闻烬已经侧着头站好了，修长的指节指着他脖颈的方向："快点儿。"

蒋婉回头看了眼。

这个男人真的是……有毛病！

她打开水龙头清洗水杯，声音拔高了几分："我说了，我不闻！"

闻烬皱着眉："不行，你必须闻。"

蒋婉：……

她把水关了，红着脸看了他一秒。

他的世界很简单：公平，公正，平等。

你不能侵占他的领域，同时，他也不会侵占你的领域。

但当平衡被打破，你要弥补他，同时，他也会弥补你。

蒋婉犹豫了一会儿，最后硬着头皮微微凑近。他个头太高了，她够不着他的脖颈，只能踮起脚，抬起下巴，凑近他的脖颈。

鼻尖轻轻嗅了嗅。

有木质的香味传来，像雪后的松木味道，神秘温柔不失清新，优雅且迷人。

她短暂地恍神一秒。

闻烬偏头，鼻尖险些碰上她的脸。

他开口，低沉的嗓音分外惑人："我身上是什么味道？"

他的脸离得太近，漆黑的瞳仁里盛满了她的脸，痕迹很深的卧蚕隐隐让他的眼睛呈现一种深情的错觉。

蒋婉不由自主地往后退了一步，嗓子有点儿紧："也很香。"

闻烬点点头，满意地离开了。

蒋婉慢慢地呼出一口气。

她转身继续清洗杯子，却发现手指还在隐隐地颤抖。

或许是因为她长久以来都没有靠近过男人，才会在刚刚那一刻，生出想要拥抱他的……冲动。

CHAPTER 02

一点儿勇气
Courage

收拾妥当后，蒋婉回到房间，发现手机上有未接来电，打开一看，是魏纪元。

她看了一眼，把记录删除，没多久，魏纪元又打了过来，她正要把手机关机，就见他的短信消息进来：*我有话跟你说，你不接电话，我就去找你，我知道你在哪儿。*

蒋婉皱着眉，魏纪元的电话又打了过来，她犹豫着按了接听。

"蒋婉。"

蒋婉眉心皱着："魏纪元，你有什么话直说。"

"我想当面见你。"魏纪元似乎喝了酒，声音带着醉意，"你来吧，我们一次性把话说清楚。"

"你就在电话里说。"蒋婉看了眼时间，晚上八点。

"彤彤也在，你来吧。"魏纪元的嗓音透着疲惫，"我们见一面，把话说开了。"

蒋婉想了想，给闻烬发了消息，拿了钥匙出门了。

这个时间没有公交车了，她只能打车过去。

楼道的感应灯随着她的脚步声亮起，她站到 203 室门口，抬手敲了敲。

门被打开，房间里一片狼藉，到处都是摔碎的玻璃酒瓶和锅碗瓢盆。

客厅的灯也摔坏了，盆栽里的泥溅得满地板都是。

蒋婉踩着一地狼藉走进去，身后，魏纪元关上了门，他喝了很多酒，眼睛很红，看着她说："你来了。"

蒋婉看了一眼客厅，问："映彤呢？"

魏纪元用下巴努了努卧室的方向。

蒋婉便抬脚走了过去。

她打开卧室的房门，里面没人，几乎是那一瞬间，她预感到不妙，转身时，魏纪元已经搂住了她，将她往床上一推，使劲儿压住她。

他满身酒气，低头胡乱地亲她的脖子："蒋婉……我真的很喜欢你……"

她惊得汗毛倒立，挣扎着去推，却推不动他。喝醉酒的男人力气大得很，身体更是重得厉害，压得蒋婉动弹不得，她吓得声音都变了调："魏纪元！你放开我——"

门外忽然传来何映彤的声音，她尖叫着扑过来："魏纪元！"

她手里不知拿了什么，重重地砸在魏纪元后脑勺上。

魏纪元松开蒋婉，站起身捂住后脑勺，看了何映彤一眼，踉跄着往地上一摔，晕倒在地，血从他的脑后汩汩往外流出来。

蒋婉哭得满脸是泪，她捂着被扯开的衣服，浑身哆哆嗦嗦，声音还发着抖："映彤……"

何映彤去探了探魏纪元的呼吸，看他还有呼吸，这才瘫倒在地，她看了蒋婉一眼："你没事吧？"

"没事……"蒋婉下床时，腿软得踉跄了一下，她浑身都在发抖，说话时声线颤得厉害，"他说你在，要我来……当面……说清楚，我才……过来的。"

何映彤擦了擦脸上的泪："是我对不起你。"

她拿出手机打120，报完地址，手指微颤地掏出一根烟点上。她吸了一口烟，冲蒋婉说："他喝醉了。蒋婉，看在我面子上，不要说出去。"

蒋婉眼角的泪怔怔往下落，她看了何映彤一眼，声音像飘在空中，轻得像一阵风："我能……告诉谁？"

何映彤把烟掐灭了。

她抬头，目光通红地看着蒋婉："算我欠你，蒋婉，如果你还当我是朋友，你有事就打我电话，如果不当我是朋友，我也认，你走吧。"

蒋婉抖着手整理好自己的衣服，擦干净脸上的泪，头也不回地走了。

下楼梯时，她的腿还软着。

打了车回去，蒋婉插钥匙时，插了几次都没把门打开，她不得已，用另一只手按住发抖的那只手，这才把门打开。

客厅漆黑，唯有冰箱门打开，透出一片冷白的光。

闻烬就坐在冰箱前，低头在下棋。

蒋婉也没开灯，状若游魂似的进了洗手间，把门反锁了，这才脱了衣服站到花洒下，把热水打开，借着水声，压抑着哭出声来。

她很害怕，她甚至不敢想象如果何映彤没回来，她会不会……被魏纪元得逞。

恐惧和惊慌让她整个人哭得不能自已，她第一次发觉自己身为女人的软弱和无力，如果不是何映彤，她可能已经被……

她死死咬着手指，眼泪大颗大颗往下落。

她浑身抖得厉害，热水也缓解不了她体内的惊惧和寒冷。

不知过了多久，洗手间的门忽然被人敲了敲，外面传来闻烬的声音："你已经在里面待了一个小时了，给我十分钟，我要用洗手间。"

蒋婉来之前没有拿换洗的衣服，地上的脏衣服她也不打算穿了，她只能抽了条纯白的浴巾裹住自己，去打开了洗手间的门。

闻烬的目光落在她身上。

蒋婉一双眼哭得通红，白皙的肩膀上还落着几颗莹润的水珠，她低着头，身体还轻微发着抖。

"这是我的。"闻烬盯着她身上的浴巾说。

"我知道。"蒋婉的声音带着哭后的鼻音，"我明天洗干净还你。"

"不可以。"闻烬面无表情。

"那你要我脱光了吗？！"蒋婉委屈地大哭，"我脱光了你就满意了是不是？！然后你也脱光，跟我说什么公平吗？！你是变态吗？！"

空气静滞。

闻烬看着她，漆黑的瞳仁里没有半点儿情绪："我是变态？"

蒋婉擦掉脸上的泪，她扯掉浴巾，丢到他怀里："还给你！"

她越过他，几乎是小跑着冲进了房间，随后把门关起来，连门都忘了锁，径直躲进了被子底下。

闻烬在原地站了片刻，垂眸看了眼地上的浴巾。

他眉心皱着，许久后才抬手捡起地上的浴巾丢进脏衣篓里。

晚上游戏直播，他很不在状态。一开场就送了一血，后面被团灭时他面无表情地摘了耳麦，丢下一句"不打了"，浑然不顾粉丝的刷屏安慰，便关了直播。

他在这里住了很多年，家政几乎都是住在外面的，这是他第一次接受一个住家家政，因为中介说这位家政脾气温和做事很勤快。

他知道很多人接受不了自己的性子，他也试着融入，但收效甚微。

最近几天相处，他觉得蒋婉很好，不想再换其他家政，但蒋婉今晚哭着骂他是变态，让他很在意。在意到凌晨一点，他都没能睡着。

他打开房门走出去，进了洗手间，拿了条新浴巾出来。

蒋婉一直躺在床上听音乐，她今天没有直播，试图用音乐平复自己的恐惧，只是过去好几个小时，她都没能睡着。

房门被打开时，她惊恐地睁开眼，看见门口站着闻烬。

男人手里拿着条浴巾，从黑暗中走过来，静静地送到她面前。看她躺在床上，他似乎蹙眉思索了片刻，随后掀开被子，将浴巾平铺着放在她身上。

蒋婉：……

她一时分不清他是醒着的还是在梦游，又担心吓到他，一直没敢开口。

闻烬看见她睁开的双眼，动作微顿，低声问："你一直醒着？"

蒋婉这才敢喘出气："你不是梦游？"

空气短暂地安静了片刻，蒋婉开了灯，看着盖在身上的浴巾，一时不知道作何表情。

"你给我这个干什么？"她的声音还带着鼻音。

"给你。"闻烬不知道怎么安慰人，只说，"别哭了。"

"我不是……因为……你不给我浴巾才哭……我，我是……

因为……"蒋婉说着说着，眼眶烫得厉害。

闻烬安静地等她说完。

可蒋婉迟迟没有说出口，她在黑暗中深吸一口气："没事，都过去了……没事了……"

"蒋婉。"闻烬喊她的名字，嗓音异常低哑，"今晚你让我很在意，我想知道，发生了什么事。"

蒋婉的眼泪忽然掉了下来。

她委屈地捂住脸，用支离破碎的语言拼凑出她从魏纪元手里逃脱的画面："对不起……我只是太害怕了，所以才……才……"

"起来。"闻烬站了起来，"穿衣服，我带你去警局。"

"不行……我答应了何映彤不能报警，我……"蒋婉一时间六神无主。

"你没有答应她，从头到尾，你都没有做出'我不会报警'的承诺。"闻烬说话时面上没什么表情，只是那双眼黑得深沉，在黑暗中显出几分不符年纪的沉稳和内敛，"这是蓄意未遂，如果何映彤没有出现，你现在就是躺在案发现场的受害者，而不是坐在这里跟我讨论要不要报警。"

蒋婉的心顿时镇定下来，她擦掉脸上的泪，看着闻烬说："我要报警。"

从报案到从警局出来一共花了两个多小时。

蒋婉给何映彤发了消息，又把手机关机，抬头静静地看着星空。

闻烬从便利店买了很多巧克力和糖，提着送到蒋婉手里。

"为什么买这么多巧克力给我？"蒋婉接过来，后知后觉地道了谢。

办案的民警以为他们俩是男女朋友，劝闻烬回去好好安抚蒋婉。闻烬皱着眉问了句怎么安抚，那位民警瞪着眼珠子，一脸"这种男人不会是靠脸找的女朋友吧"的表情，随后列出几个哄女朋友的绝招传授给了闻烬。

第一招就是买甜食。

闻烬伸手指了指警局："刚刚那位民警让我买的，说这样你会开心一点儿。"

蒋婉撕开一块巧克力塞进嘴里，甜到发腻的味道一瞬间充斥在她的口腔。

她的唇角难得勾出一抹笑意："谢谢。"

"不客气，一共二十五元。"

蒋婉：……

她掏出钱夹，拿了二十五元递给闻烬，又忍不住偏头打量他。

闻烬个头很高，在路灯下的影子被拉得很长，他垂着眼睛，眼下的卧蚕很深，眼睫长而密，在眼下打出一片阴影。半张脸隐在黑暗中，下颌线条明晰，抬头时喉结明显。

他看着很正常，却又不太正常。

他不爱讲话，晚上会梦游，夜里会一个人坐在冰箱前下棋，会为了公平，提一些古怪的要求。

他会为了条浴巾让她出去，却也会在凌晨带着她来报警。

也是他，告诉她人是平等的，告诉她魏纪元这件事对她不公平。

他真的是个怪人。

闻烬开车载着她回去。到了玄关，蒋婉又感谢了一遍，随后去洗手间洗漱。

闻烬也跟着去洗手间洗漱，两人还是第一次并排站在洗手台前刷牙。

蒋婉觉得怪怪的。

她洗漱完，走向自己的房间，没想到闻烬也跟了上来。

"你有话要说？"她停步，回头问。

"警察说你需要陪伴，让我待在你身边。"闻烬抬腕看表，"还有三个小时，你要睡觉吗？我去拿枕头。"

蒋婉：……

闻烬没有开玩笑，他拿了枕头过来，放在蒋婉的床上，又开始动手脱起了衣服。

"等一下……"蒋婉还有些错愕，"你……睡我床上？"

闻烬点头。

那位民警还说，担心蒋婉有自杀倾向，请闻烬务必全程盯着蒋婉。

闻烬问民警干吗不当面问蒋婉想不想自杀，随后他就被民警用吃人的目光瞪着。民警愣是教育了他十几分钟，又手把手教他如何安慰人等。

闻烬换上睡衣爬上床，躺进了她的被窝。

蒋婉瞪大了双眼，她虽然很确信闻烬不会做出什么伤害她的事，但还是被这一幕惊到了。

她长这么大，没跟男人躺在一张床上睡过觉。

"闻烬……"蒋婉说话时都不敢看那张床，声线有点紧，"我们不是那种关系，不能躺在一张床上，这个你知道吗？"

"知道。"

"那你……"

蒋婉话没说完，就被闻烬打断了："上来吧，那个警察说有我在，你会忘记那段噩梦的。"

男人神色正直，目光坦荡，一双眼淡漠得没有丝毫情绪，却莫名让人安心。闻烬这句话十分轻易地说服了蒋婉。

她犹豫了片刻，便在黑暗中换上睡衣睡裤，小心地爬上床，和闻烬隔着一人宽的距离。

无人说话的空气静谧下来。

蒋婉的内心奇异地安宁下来，她轻轻闭上眼，耳边是男人轻轻浅浅的呼吸声。

她听着这道呼吸声，缓缓进入睡眠。

后半夜她梦魇了，梦里魏纪元撕扯着她的衣服，那样清晰的力道，逼真得不像是梦。

她猛地喘着气醒来，身体抖得厉害。

闻烬坐起身："你怎么了？"

蒋婉哆哆嗦嗦地蜷缩在被窝里，声音发着颤："能不能……抱抱我？"

空气安静了片刻。

有窸窸窣窣的声音响起。

闻烬伸出长臂，将她揽进怀里。

她的后腰贴着他的胸膛，炙热的温度一瞬间抚平了她所有的不安。

蒋婉忍不住转过身，面对面轻轻环住他的腰，汲取他身上令人安心的力量。

隔着衣服，她能感受到他紧实的肌理。淡淡的松木气息萦绕于鼻间，是让人安神的味道。

不久后，她察觉哪里怪怪的，身体一僵。

"抱歉。"闻烬的嗓音在黑暗中更显沙哑，"我不知道为什么会这样。"

蒋婉：……

"你也可以这样。"闻烬思索片刻，冲她说，"不然对你不公平。"

蒋婉：……

谁想要这种公平啊！

还有，他怎么能这么毫无顾忌地对一个女人说出这些话啊！

"你以前……那些家政，是不是都是这样被你吓跑的？"蒋婉忍不住后退了一点儿距离，离他远了点儿，才开口问，"你对她们都这样？"

"没有。"闻烬的手还搂在她后腰，掌心的温度很烫。

蒋婉后脊一片酥麻。

她想转过身，但闻烬的手还保持一个抱着她的姿势。

她思绪混乱间，头顶落下男人低哑的嗓音，带着磁性质感。

"你是第一个。

"让我有冲动的女人。"

蒋婉伸手抵在他胸口，耳根红得彻底："别再说了。"

"是你在问。"闻烬说。

蒋婉被他湿热的呼吸弄得脑子发晕："我想抱你……算冲动吗？"

"冲动是指在激素和内外环境刺激的共同作用下，对亲密行为的渴望与冲动。"闻烬的嗓音依旧低哑。

落在她的耳里，意外的性感好听。

蒋婉脑子发蒙，听不懂自己到底是算有还是不算有。

随后，她听见闻烬的声音。

"你渴望和我有更进一步的亲密行为吗？"

蒋婉：……

她的脸彻底红透："没有！"

男人身上的味道很好闻，她忍不住把脸埋在他肩颈的位置，用鼻子轻轻蹭了蹭。

"你在擦鼻子？"闻烬问。

蒋婉：……

她羞愤极了："没有！"

她挣了挣，面上滚烫，声音都带着颤："松手，我不要你抱了。"

闻烬松开手，蒋婉赶紧远离了他，自己裹着被子，把脸埋在枕头上。

空气只安静了片刻，身后就又传来闻烬的声音。

"刚刚是你抱我。

"现在，轮到我抱你。"

蒋婉：……

她还没来得及说话，整个人就被闻烬捞进怀里。

这次和之前的不一样。之前他只是轻轻搂住她，这次他将她整个人搂进怀里，还将鼻尖抵在她肩颈的位置。

很亲密的姿态。

最要命的是，闻烬往她肩颈的位置蹭了蹭。

耳边是男人低哑的嗓音。话音落下的瞬间，给她带来一片酥麻的痒意。

"蒋婉，这样抱着很舒服。"

蒋婉张了张口，刚要说话，就又听他说："等我抱完，再换你抱。"

蒋婉：……

有区别吗！

蒋婉不知道自己是怎么睡着的，还做了一场梦，只是梦里不再是魏纪元的脸，而是……闻烬的。

她喘息着睁开眼，这才发现自己是在做梦，身上出了一身汗。

也是这时，她才发现自己窝在男人的怀里。

闻烬早就醒了，正在看她。

蒋婉赶紧推开他起床，她拿了干净的衣服准备去洗手间洗漱，却听闻烬开口："你梦见我了。"

她下意识反问："你怎么知道？"

问完她才紧张起来，目光忐忑地看着闻烬。

闻烬应该刚醒没多久，头顶有一簇头发立着，出口的嗓音还带着刚睡醒的迷糊："你喊我了。"

蒋婉：……

她有些羞赧地问："还有别的吗？"

闻烬若有所思地说："你喊我的名字了……"

蒋婉捂住耳朵，红着一张脸往外跑，拔高声音道："好了，我去洗漱了。"

"你梦见什么了？"闻烬跟在她身后。

蒋婉到了洗手间，把门关上，不让他跟进来。

她站在洗手台前，洗了把脸，想起那个梦，脸上又是一阵火烧。

蒋婉洗漱完出来，没想到闻烬还在。她捂住脸绕开他，直奔自己的房间。

闻烬跟在她身后，声音似乎有些困惑："蒋婉，为什么不回答我的问题？"

蒋婉关上门，在门里羞愤地喊："不要再问了！"

闻烬停在门前"为什么要喊我？我在你的梦里做什么了？"

蒋婉在门内捂住耳朵，心跳得剧烈。

两人之间的平衡状态彻底被打破。

蒋婉在厨房做饭时，闻烬又来问了。

他刚洗完澡，头发半湿，拿着毛巾简单擦了擦，将长发顺在脑后，露出光洁的额头。

他长得很好看，是那种一眼看过去就会被吸引的长相。他的瞳仁很黑，眼下的卧蚕很深，那双眼盯着人看时，像一汪深潭，能轻而易举将人的心神都吸进去。但是仔细看，他的眼里是没有任何感情的，情绪也很淡。

"没有！我没有梦见你。"蒋婉低着头，一边刷碗一边否认，"我梦见别的人了。"

"你梦见谁了？"闻烬问。

蒋婉哑了半天，说："一个男明星。"

"你在说谎，你都不敢看着我说话。"

蒋婉红着脸看向他："没有！"

闻烬微微俯身，耳朵侧了侧，离她心口很近，随后微抬下颌，冲蒋婉道："你心脏跳得很快。"

蒋婉后退了一大步，她的声线发紧："我，我这是正常的。"

闻烬表情认真地说："人类正常的心率范围是一分钟六十到一百次，你现在，一秒最低两次，已经超出正常范围。"

蒋婉：……

蒋婉下午又去了警局一趟。

魏纪元已经被抓了进去，何映彤作为唯一的目击证人也出现在审讯室里。从蒋婉进去到出来，何映彤都没有抬头看她一眼。

蒋婉也没说话，按照民警的流程走完，这才起身出来。

或许，她和何映彤以后也只能像这样，见面只剩下沉默。

出来时，闻烬站在门口，不少路人都在打量他。

他个头极高，身着纯白色运动服，脑袋上还戴着一顶帽子。微微侧身时，露出的半边侧脸线条利落，他下颌微抬，喉结凸

起一个性感的弧度。

看见蒋婉出来，他偏头扫过来，漆黑的眉眼没什么情绪，薄唇抿着，神情有些冷漠，还有些酷。

从蒋婉的角度看，闻烬的脸很帅，单单一张脸，足以让路过的每个少女怦然心动。

她想起出门前，男人递过来的巧克力，想起他说的女孩子吃甜食心情会很好，虽然都是那位民警教的，但是蒋婉的内心还是深受感动。

她小时候也很喜欢吃甜食，但是父母偏心弟弟，从来没有谁主动为她买过那么大一袋巧克力。

也从来没有谁，跟她说对她很在意。

回家之后，蒋婉简单洗漱完就进房间直播了。

她做了半年直播，攒了些老粉，虽然收入一般，但她已经很满足了。

她没学历，又有前科，工作不好找，而她想学的技术类的工作更是不会要她。辛苦劳累是次要的，钱赚得也很少。

她刚出狱时，选择做日结工作也有这个原因。

狱里有位老大姐每天都唉声叹气，见到新人来，就劝她们出去以后一定要擦亮眼睛找工作。因为这位老大姐在工地打工三年，三年工资还没结清，老板就跑路了。她费尽千辛万苦找到老板问人要钱，老板却死活不给。她一气之下就把人打成重伤，这才被关了进来。

蒋婉在监狱听过很多人的故事，一面感叹人生里的种种不公，一面又对未来抱有期望。

所有人都告诉她，这个社会不公平。但她出来遇到闻烬才发现，不是社会不公平，而是她没遇到公平。

这时，评论区有人想听写字的声音。

她就拿出笔和纸，在麦克风边上沙沙地写。

以前，她都是写自己的名字，今天，她鬼使神差地写了闻烬的名字。

她看合同才知道他的名字，只觉得好听。

现在，她一遍一遍地写，内心更是感到奇异的满足。

闻烬。

写下名字的时候，她想起男人温暖的怀抱，想起男人鼻尖抵在肩颈蹭过时留下的悸动，想起男人身上的木质香味。

有粉丝问她今天在抄什么。

她想了想，回复道：**一个很好听的名字。**

快睡觉时，闻烬敲门，手里拿了枕头。

打开门的蒋婉：……

她错愕之余，心跳得剧烈："你今晚……还要睡我床上？"

"嗯。"闻烬看着她，"如果今晚你想抱着我睡……"

"不想！"蒋婉拔高声音反驳，她面红耳赤地瞪着他，声音带着颤，"不想！一点儿都不想！"

她把闻烬推出去，又把门关上："你……睡你自己房间，我要睡了。"

她脸热得厉害，爬上床，就把脸埋在枕头里。

闻烬没再敲门，应该是走了。

蒋婉晚上担心做噩梦，拿了枕头抱在怀里，戴上耳机，选了首助眠音乐，准备充分，睡得也挺好。只是后半夜，冷不丁被人搂在怀里时，她吓了一跳，险些叫出声。

她扭头闻到淡淡的松木气息，这才松了口气："你吓死我了……"

闻烬没有说话，只是搂住她，将脸埋在她肩颈的位置。

蒋婉把耳机摘了，扭头问："你怎么不说话？"

闻烬依旧没有说话。

蒋婉觉得怪异，他再怎么古怪，也从来不会不理别人。

"你该不会……"蒋婉惊疑不定地瞪着他，"梦游？"

她有点儿害怕。闻烬不说话她就更害怕了。她不知道梦游的人会做什么，更怕自己胡乱挣扎会把他吓醒，听说梦游的人不能吓，会把人吓傻。

她不知是真是假，却不敢动。

但男人就只是安静地搂着她。

后半夜蒋婉都不知道自己是怎么睡着的，好像光是闻着男人身上淡淡的松木气息，就觉得十分安心。

蒋婉早上醒来的时候，被眼前的一幕惊呆了。

明明她昨晚还是背对着他的姿势，第二天醒来时，却变成她主动搂着他。她的一条腿还搭在他的腿上，姿势要多亲密就有多亲密。

蒋婉脸热得厉害，正小心翼翼地把腿拿下来时，男人睁开眼醒了。

她只能硬着头皮跟他打招呼："早。"

蒋婉目光往下，看见男人的胸口露出一小片结实的肌理。因为运动的关系，他的皮肤紧实，肌理线条流畅美观，哪怕是躺在床上，她也能窥见那几块形状分明的腹肌。

打量完，她才意识到自己做了什么，一抬头，果然对上了男人的眼睛。

蒋婉捂住眼睛，掩耳盗铃般急促地说："我什么都没看见！"

闻烬偏头看着她，笃定道："你看见了。"

唇齿

049

蒋婉耳根都红了："我没看见。"

"你看见了。"闻烬拿开她捂住眼睛的手，刚睡醒的嗓音异常沙哑性感，"让我看看你的。"

蒋婉后脊都麻了，脖颈浮起一层薄汗，她耳根热得厉害，眼睛根本不敢看闻烬，只是小声地说："不公平，我根本不想看你的。"

"你想看的。"闻烬半坐起身，一头黑发睡得有点儿凌乱，那张脸却意外透出几分疏懒的性感。

蒋婉面红耳赤地瞪着他："我没有！"

她不想再跟他争执这种事，而且之前也让他看过几次，没什么好害羞的。

"等一下……"蒋婉正要掀开衣服下摆，陡然发现自己只穿着睡衣，她慌乱地捂住心口的位置，"下，下次。"

她居然这副样子跟他面对面抱了一晚上？！

她越想越羞愤，脸色涨红一片。

闻烬扣住她的手腕："为什么？"

"我……我要上厕所。"蒋婉红着脸从他手里挣脱手腕，拿上衣服就急匆匆地冲到洗手间。

她洗了把脸，抬头时才看见镜子里的女人面若桃花，耳根滴血似的泛着红。

她捂住脸，极轻地在掌心"呜"了一声，心跳早就乱了。

洗漱完出来，闻烬就站在门口。

蒋婉愣了一下，错开身往外跑。

"蒋婉。"闻烬在身后喊她。

"我知道，晚上……再说，我还有事，很急的事。"她把自己关进房间里，侧耳听了听，没听见闻烬跟来的声音，这才轻轻呼出一口气。

她换上衣服，拿了钥匙出去买菜。

闻烬刚好洗漱完下楼跑步，等她买完菜，他也跑完，跟在她身后一起回家。

两人全程没有交流，但蒋婉看见他的那一刻，耳根就莫名发起热，低着头不太敢看他。

男人存在感极强，个头又高，那张脸更是格外引人注目，他戴着耳机，往电梯里一站，脸上没什么表情，只一双眼黑得发亮。

他偏了偏头，捕捉到蒋婉偷偷打量他的视线，冲她凑近，笃定地道："你在看我。"

他离得太近了，身上的松木香味尽数扑进她的鼻端。蒋婉鼻尖发痒，她往后退了退，正要说话，一抬头就见男人整张脸凑到了面前。

他个头比她高出很多，压低了脊背凑到她面前，大概是姿势有些不舒服，他微微蹙着眉，眉心隆起一道弧度，眉眼的情绪虽然淡，却透着股认真。

她心尖一颤："你干吗？"

他认真地回："在看你。"

蒋婉：……

两人从电梯出来，蒋婉开门的当口，就感觉闻烬拿手压在她头顶。她红着脸回头，闻烬收回手，在自己胸口的位置比了比。

"你好矮。"他得出结论，"才到我这儿。"

蒋婉：……

她羞愤地瞪着他："我刚刚是弯着腰的！"

她站到闻烬面前："重新量！"

两人靠得太近，闻烬刚抬手压着她的脑袋，蒋婉就往后躲，她心脏跳得有点儿快。

还没躲远，又被闻烬扯了回来，这次更近，他的胸口直接压着她，蒋婉连呼吸都屏住了，一双眼只看着眼前近在咫尺的喉结。

闻烬比蒋婉高一个脑袋，为了证明他的高度，他将下巴往蒋婉的脑袋上搭了过去，与此同时，蒋婉的唇直接贴到他喉结的位置。

空气静滞。

蒋婉一把推开他，红着脸解释："是你自己这样的，不是我。"

闻烬看着她，若有所思地摸着自己的喉结，那儿只是被唇瓣蹭过，就泛起一阵麻麻的痒意。

"蒋婉。"他认真地道，"我也要亲你的脖子。"

蒋婉羞愤极了："我不是故意的！你不可以这样！"

她转身往房间里跑。

闻烬跟着她进了厨房，看她红着脸把东西放进冰箱，看她低着头绕过他去洗手。

"蒋婉。"闻烬又喊她。

蒋婉洗完手站定，一双眼里俱是羞意，她微微仰着脸，强忍着羞耻说："你快点儿。"

闻烬满意了。

他几步走到她面前，压低了背凑近她的脖子。蒋婉皮肤很白，脖颈细长，他闻到她身上沐浴露的香味，是玫瑰花的味道。

他的薄唇凑到她脖颈处，轻轻蹭了蹭。

蒋婉咬着唇差点叫出声，她抖着身体后退几步，也不敢看闻烬的脸，只低着头说："好了，我要收拾了。"

"什么感觉？"闻烬问。

"哪有什么感觉？"蒋婉装作淡定，只是拿毛巾的手却抖得厉害，"没感觉。"

闻烬若有所思地问："心跳没有变快？"

蒋婉羞愤欲死："没有！"

闻烬低着头，认真打量她的嘴唇，忽然指着自己的喉结道："你再亲一次。"

蒋婉：……

蒋婉说什么都不愿意再亲，闻烬只好回房间了。

他这几天直播的时间被彻底打乱，因此吃完饭就开始打游戏开直播了。他还记着蒋婉说的"晚上"，吃完饭还提醒蒋婉不要忘了早上答应的事。

蒋婉手一抖，险些把手里的碗摔出去。

他进了房间就没再出来。

蒋婉打扫完卫生，回到自己的房间，想起闻烬那张脸，忍不住打开手机搜索他的直播间。

她其实没接触过游戏直播，但是闻烬很火，几乎一搜索游戏直播，首页推荐便出现他的名字。

不像其他队友那样有个"中二"的游戏 ID，他的游戏 ID 就叫闻烬。

蒋婉点开，还没看见闻烬，就被满屏的弹幕给惊得瞪大了眼睛。

弹幕上有人喊阿烬、烬哥，还有人喊火哥。

看他直播的粉丝很多，蒋婉看了眼在线观看人数，有三百多万。

而他直播才不到半小时。

她把弹幕关掉，这才看见闻烬的脸。

他坐在纯白的电竞太空舱内，微微垂着眼睛，偏长的眼睫下是痕迹很深的卧蚕，那双眼专注地看着电脑屏幕，偶尔开口，低沉性感的嗓音只发出一两个字。

"哦。"

"菜。"

摄像头只照到他的上半身，他过分俊朗的面孔，凸起的喉结，底下纯白的 T 恤，以及骨节修长的手。

那只手早上还搂过她的腰。

那张薄唇还亲过她的脖子。

蒋婉猛地捂住脸。

掌心里的脸烫得厉害。

蒋婉看了一个多小时闻烬的直播。

他打游戏时没什么表情，看起来有些冷淡。

这让蒋婉不由自主地想起他亲吻她脖颈时的那副样子，他长长的睫毛滑过她的肌肤，温热的呼吸拂过她的毛孔，薄薄的嘴唇贴着她的脖颈，两个人的体温融到一起，她听见灵魂深处发出战栗的声响。

蒋婉做晚饭时接到何映彤的电话，她关了火，走到房间去接电话。

何映彤要走了。

蒋婉握着手机不知道该说什么，快挂断之前，她问何映彤在哪儿，随后朝她说道："你等我一下。"

她给闻烬发了消息，拿了钥匙出门。

魏纪元的案子还没结，走流程也要两三个月，有可能会判刑，律师把最坏的结果告诉了何映彤。

何映彤也没让律师传什么话给魏纪元，就只送了份饭进去，随后就坐在警局门口的台阶上抽烟。

一包烟抽完，她决定离开这里。

蒋婉赶过来的时候，何映彤还坐在台阶上，地上散落着十几根烟头。

"嗨。"何映彤抬头，冲她淡淡地打招呼。

蒋婉走过去："我请你吃饭吧。"

"行啊。"何映彤笑了一下，站起身拍了拍衣服上的灰，"去大排档吧。"

夜里的大排档人满为患，两人在外面摊位上点了一百多的烧烤。

何映彤要了两瓶啤酒，问蒋婉："喝吗？"

蒋婉不会喝酒，却接过她手里那瓶打开的啤酒："喝。"

何映彤跟她碰了瓶口："他自己活该，不怪任何人，错也不在你，所以，你别想太多。"

她仰头喝了一大口。

蒋婉没说话，跟在她后面喝了一口。

何映彤拿起一根肉串吃了口："我挺自私的。"

她仰头又喝了口酒："发生那种事，还求你不要告诉别人，事后想想，我感觉自己太无耻了。"

蒋婉也跟着喝了口酒，她有很多话想说，但何映彤说得很急，那些话似乎在她心里憋太久了，直到此刻，才能一吐为快。

"我其实是没脸见你的。"何映彤笑着抹了把脸，指尖有水渍，她唇角扬着笑，脸上却有泪往下滑，"我本来以为你不会接我电话，结果你不仅接了，还请我吃饭。"

她笑着笑着哭起来："我多希望没有遇到你……"

蒋婉沉默地喝着酒。

何映彤还在哭："蒋婉，我一直把你当好姐妹，我不想失去魏纪元，也不想失去你，但是……事情怎么就变成这样了呢……"

蒋婉抬头看了眼黑沉沉的天，她擦掉眼角的泪，用很轻的声音说："对不起。"

是啊，事情怎么就变成这样了呢？

她也想知道。

她还记得刚遇到何映彤的时候，何映彤大大咧咧的，见不惯她缩着肩低着头走路，会拍着她的背提醒她抬头挺胸，说这样才好看。

见她好几个月穿来穿去都是那几件旧衣服，何映彤就把自己的新衣服送给她。

何映彤说，女孩子要会打扮，要好好爱自己，这样才会有人爱的。

她们还约定，一起攒钱出去旅游。

蒋婉甚至在网上查了很多攻略，做了很多笔记。

她太渴望出去了，被关押那么久，她的人生都像是被禁锢住了，幸运的是，她遇到了何映彤。

可这份幸运现在也到期了。

曾经亲密无间的那段日子仿佛就在昨天，然而一夜过去，什么都变了。

何映彤酒量极好，喝了三瓶酒，离开时，步伐都是稳的。

蒋婉只喝了一瓶酒，打车回来时还觉得没什么，到了家门口，就觉得天旋地转，世界都在坍塌，她插了半天钥匙，才把门打开。

客厅昏暗无灯，她踉跄着进了洗手间，把自己脱了干净，打开花洒洗澡。

大排档的烧烤味混着烟酒味，让她的嗅觉都失去了感应，她知道自己浑身难闻极了，只想清洗干净。

洗完澡出来，她才想起，自己又忘了拿干净衣服。

她指尖轻移，扯了条浴巾裹住自己。

脑海里却忽然想起早上答应闻烬的事，她敲开闻烬的房间门，被酒水润过的嗓音带着异样的软。

"闻烬，我洗完澡了。"她的声音带着一点儿醉意，吐字却很清晰，"你要看吗？"

坐在电脑前的男人摘了耳麦，回头时看见蒋婉面色酡红地倚着门框，白皙的肌肤尽数暴露在空气里。

他嗓子莫名哑了几分。

"要。"

说完，他关掉直播，将电脑关机。

他不知道，在他关机之前，近一千万的粉丝都在疯狂地刷着弹幕：

我听见女人的声音！

阿烬有女朋友了？！

我没听错的话，那个女人说的是她洗完澡了……啊啊啊！我老公有女朋友了？！我怎么不知道？！

啊啊啊儿子！你怎么这么快就有女朋友了！妈妈不允许！

你们没听见阿烬说要吗？！啊我死了！他的声音为什么那么性感啊！我死了！

蒋婉根本不知道自己当着近一千万人的面，朝闻烬发出了邀请。

她晕乎乎地回到房间，趴在床上等得快睡着了，才等来一身水汽的闻烬。

他穿着睡衣，头发湿漉漉地往下滴着水，水珠顺着喉结往下，滑过块状的胸肌和壁垒分明的腹肌。

蒋婉半坐在床上，她喝了酒，反应有些迟钝，脑袋也有些晕晕沉沉的。

意识陷入混沌之前，男人伸长手臂将她揽进怀里，她陷入温暖的怀抱，鼻间是令她安心的松木香气，一个轻柔的吻压了下来。

蒋婉隐隐记得自己好像咬了男人一口，再然后，记忆断了片，她彻底陷入那片温柔的梦里。

第二天一早，闻烬晨跑回来后，蒋婉还在睡觉。

他洗了澡，换上一套干净的衣服，随后回到自己房间开始游戏直播。

他打游戏的时间不固定，但每天都会打满八个小时——达到普通人的正常工作时间。

往常他打游戏时很少说话，偶尔开口都是一两个字，今天却一反常态，说了不少话。

因为平时弹幕上全都是夸他长得好看，但今天才开播不到十分钟，弹幕上密密麻麻的评论都在刷别的：

烬哥！你的手怎么了！

烬哥！看你春风满面！想必昨晚一定完成了生命中的大事吧！

你有女人了是不是？昨晚那个女人是谁……你消失的这段时间，你们是不是……呜呜呜……哭了！

手都被抓成那样，昨晚想必是极其凶残的一夜……

烬哥！到底是哪个女人！哭！她怎么把你的手咬成这样！是昨晚那个洗澡的女人吗？！她有什么好看的！你看看我！我

比她好看！

楼上说好看的那个别走！加我一个……

烬哥好不容易有了女朋友，你们都不要捣乱！我好奇是什么样的绝色美人，能俘获我烬哥……呜呜呜……一定是仙子吧！

我好奇的是阿烬你和女朋友同居了吗？为什么昨晚那么晚她在你家？

闻烬看了眼弹幕，一边操纵鼠标移动英雄人物，一边用低哑磁性的嗓音开口：

"手？她咬的。"

"昨晚是我们的第一次。"

"她不是绝色美人，也不是仙子，是让我每天都想见到的女人。"

"是，我们在同居。"

几乎是在他话音落下的瞬间，弹幕炸开了：

啊啊啊我死了！阿烬在说什么！啊啊啊！为什么用这么帅气的脸这么正经的表情说这么不正经的话啊啊啊！

烬哥我有个朋友患了绝症，她说她不信，想亲眼看看！

我就是楼上的那个患了绝症的朋友！

同居了！啊啊啊！阿烬居然跟人同居了！

阿烬居然有喜欢的女人了！

哭了，这超赞的爱情……

蒋婉是中午近十二点醒的。

又渴又饿。她几乎是以爬行的速度到了洗手间。洗漱的时候，她几乎不敢看镜子里的自己，太羞人了。

她洗漱完，扶着腰出去，两条腿还打着战。抖着手喝了水，吃了点冰箱里的面包，这才开始准备做饭。

早上她没去买菜，冰箱里只剩下一点肉和不算新鲜的几样菜，她坐在沙发上休息了一会儿，这才拿了钥匙出门去买肉，大热天的还在脖颈上围了条厚厚的围巾。

闻烬刚结束一把游戏，门就被敲响了，他去开门，战队的几个队员一窝蜂涌了进来。

"哪儿呢？！你什么时候有的女朋友？！"

"藏这么深？！"

"要不是看你直播，我们根本不知道你居然有女朋友，还同居了！"

"谁？快让我们看看！"

一行八个人把整个房子都搜罗了一遍，也没看见除闻烬以外的第二个人。

"人呢？不是说同居吗？怎么不见了？"

"是啊，藏什么呢？快带我们见见！"铜锣烧睁大眼睛兴奋地看着闻烬，"我太好奇你会找什么样的女人了！"

闻烬直播时说了不少话，所以现在他的嗓音很低，还带着哑意："你们见过，不用再见了。"

"我们见过？"一行人瞪大眼，狐疑地面面相觑，又齐齐看向闻烬，"我们什么时候见过？"

门口蒋婉刚买完菜回来，一进门看见屋里八九个男人齐刷刷地看向她，她愣了一下，随后不自然地打招呼："你们好。"

闻烬看着蒋婉道："嗯，就是她。"

蒋婉：？

八个队友：……

"什么？！"铜锣烧疯了，"我那天问你，她是不是单身，你说你不知道，我说是单身我就去追，结果我还没开始追，你就下手了，你——"

闻烬看着铜锣烧，用沙哑性感的嗓音说着最冷漠无情的话："她不会喜欢你的，她对你没有冲动。"

铜锣烧转头看向蒋婉，目光里充满了难以置信："她，她，她对你有……"

蒋婉换好鞋子，菜也没拿，用围巾捂住脸，跑进了洗手间。

空气里静滞了片刻。

闻烬不解地问："她是害羞了，还是生气了？"

铜锣烧扶额："阿烬，你当着我们这么多人的面说她对你有冲动，你说她是害羞还是生气？"

"生气？"闻烬不确定地问。

铜锣烧：……

"害羞！当然是害羞！"他咆哮。

"哦。"闻烬点点头，转头走向洗手间，在门口说道，"蒋婉，我早上在直播间跟粉丝说了，我对你有冲动。"

"什么？！"蒋婉猛地打开门，一双眼睛瞪得大大的。

"你害羞。"闻烬做出总结，"我也害羞。"

蒋婉还在震惊他在直播间说的活，此刻听到这话，更是难以置信："你哪儿有害羞的样子？"

完全是一副恨不得昭告全天下的样子！

"我不知道怎么害羞，但是你想我害羞，我就害羞。"闻烬说。

他这根本不是古怪，是有病啊！！！

蒋婉把门关上，在洗手间里洗了一遍脸，又把围巾解了重新缠在脖子上，深吸一口气，这才打开门出来。

八个队员已经走了。

大概是怕她尴尬。

客厅里只剩下闻烬一个人。

蒋婉把门口的菜拿到厨房里开始做饭。

闻烬默不作声地从身后环住她。

蒋婉后脊麻了一下，耳根热得厉害，声音也不自觉有些颤："你干吗？"

"还害羞吗？"他问。

蒋婉：……

她还是不敢相信："你真的在直播间说了？"

"同居？"闻烬点头，"说了。"

蒋婉深吸一口气，问："为什么？"

"她们在问。"闻烬说。

"她们问你就说了？"蒋婉不知想到什么，脸上一红，磕巴起来，"万一，万一，她，她们哪天问，问更……更详细的，你，你也要说？"

闻烬继续点头："说了。"

蒋婉：……

她不知是被气的还是羞的，整张脸泛起潮红，她转身面红耳赤地瞪着闻烬："你怎么可以跟别人说那些？"

"你也可以跟你的粉丝说。"他知道她也做直播。

"我不！"蒋婉更气了。

闻烬不解地看着她："可你在生气。"

"我难道不应该生气吗？！"蒋婉除了生气，更多的是羞耻，"那种事怎么能告诉别人！"

"那种事不能告诉别人吗？"闻烬一脸认真，"那我以后不说了。"

蒋婉深吸一口气，努力告诉自己，不要跟他计较，她早该预料到的。

闻烬看着她："你做一件让我生气的事吧。"

蒋婉瞪着他看了片刻。闻烬个头很高，看着近一米九，站在她面前跟她讲话时，都是垂着眼看她的。

闻烬的眉毛浓黑，瞳仁的颜色也很黑，眼下的卧蚕极深，他五官长得极其好看，偏偏脸上没什么表情，那双眼更是淡淡的，极少出现什么情绪。

蒋婉几乎没见过他有其他情绪的时候，这让她有些怀疑，他到底会不会生气。

"我做什么你会生气？"她问。

不知道闻烬想到了什么，他眉头短暂地蹙起："熬汤的时候加青菜汁。"

蒋婉问："之前有人这么做？"

"嗯。"

她猜测道："然后，你把她开除了？"

闻烬点头："嗯。"

看来他是真的很讨厌吃青菜。

"还有呢？"蒋婉继续问。

闻烬看着她，目光直白又坦诚："不停地跟我讲话，问我问题。"

蒋婉：……

空气静默了片刻。

蒋婉忽然踮起脚凑到闻烬耳边，语速很快地说："是这样吗？是这样吗？是这样……唔——"

闻烬偏头吻住她的唇。

蒋婉整张脸红透了，她的手抵在他胸口，指尖发着颤。

闻烬长臂一揽，将她整个人搂进怀里。

两个人的鼻息交缠，烫得周围的氧气都变稀薄了。

蒋婉被吻得有些喘不过气，她用力推了推闻烬，气息不稳地说道："等一下……我，我要做饭。"

闻烬："我现在不饿，想吃别的。"

蒋婉：……

"不行……"蒋婉伸手使劲推他，根本不敢看他，"我不舒服。"

"不舒服？"闻烬蹙眉，"我打电话问问医生。"

闻烬进房间去拿手机。

蒋婉在厨房站了一会儿，想起另一件事，进了房间拿起手机搜索闻烬的直播回放。

当看到满屏的弹幕都在刷他们"同居"等字眼时，她的整个身体烫得好像着了火。

当她看见直播观看人数时，整个人更是傻了眼。

一千万？

一千万的观看人数？！

也就是说，有一千多万的人知道他们昨晚的事……

啊啊啊！

她要疯了！

她回到客厅时，闻烬不在，似乎出去了。

她没再管，匆匆去厨房做饭炒菜，也没等闻烬，吃完自己那份就赶紧进了房间，把门反锁。

她暂时不想看见闻烬！非常不想！

闻烬回来时已经是下午一点半了。

蒋婉的房间反锁了。

"蒋婉，开门。"闻烬敲门，"我买了药。"

蒋婉整张脸埋在枕头里，想起他在直播间说的话，耳根又是一热："我不吃！"

"为什么？"闻烬问。

"因为我生气了！"她把脸埋进被窝。

蒋婉想起直播间里他说过的话，她就忍不住羞愤欲死，他怎么能那样说啊？

"别生气。"闻烬默了片刻道，"如果你生气，我也陪着你一起生气。"

谁生气需要人陪啊！

蒋婉很久都没有回应，闻烬又开始敲门。

但最终她还是赤红着脸下床，开了门，只伸出一只手："药给我。"

闻烬却没把药给她，而是轻轻抱住了她。

"别生气。"

蒋婉耳根一红："放开我。"

闻烬非但没放，还低头来吻她。

蒋婉躲不开，面红耳赤地推他："你从哪儿学来的！"

"路上看到的。"闻烬一本正经地说，"他们很奇怪，一开始还在吵架，后来就抱在一起，像这样。"

他说着，又低头吻住她。

唇齿分离的那一刻，他认真地说："原来，我们这样是吵架。"

蒋婉的心里不知道是什么滋味，她怔怔看了他好一会儿，才伸手环住他的腰。

她知道他那些古怪行为不是故意的，他是真的不知道。

他不知道什么叫尴尬，不知道什么叫害羞，也不能像其他人一样感同身受。

但他直白又坦诚。

蒋婉付出过因为相信谎言而带来的惨痛代价，在被最亲的亲人出卖后，她原本以为自己这辈子不会再轻易相信别人。

可面对闻烬，她愿意相信也无比相信，他不会伤害她，也不会欺骗她。

CHAPTER 03

不　　行，
她　会　生　气
Anger

蒋婉补了一会儿觉，趁着闻烬打游戏做直播的时间，开始打扫卫生。

衣服和床单还没洗，她把这些放进洗衣机，随后又来收拾厨房。忙了快一小时后，她才回到房间。

在床上坐了片刻，她打开手机，咬着唇，在直播 APP 的搜索栏输入"闻烬'，点了关注，进了闻烬的直播间。

闻烬打游戏的时候不爱说话，蒋婉盯着看了五分钟，他一共只说了一个字："嗯。"

蒋婉：……

她不会打游戏，也看不懂，只知道他看着很厉害，满屏的弹幕都在刷烬哥好帅。她也想发一条弹幕，但是思来想去，不知道发什么。

最后犹豫着敲了一行字，发了出去：**要喝饮料吗？**

她以为这条消息会被淹没在满屏的弹幕中，却不料被闻烬看见了。

他的目光在她的 ID 上停顿了片刻，随后看了一眼镜头的方向说："要。"

整个弹幕炸了：

阿烬你好端端地看着我说什么要？要什么？啊啊啊！人家还没准备好了啦！

楼上要点脸！阿烬明明是对我说的！我马上来！

你们是疯了是吧，阿烬明明在回复那个叫"是婉婉不是碗碗"的那位粉丝，她问他要喝饮料吗？阿烬说"要"，等会儿，我好像发现了什么不得了的事情！

那个是婉婉不是碗碗不会就是他女朋友吧？！

不会吧不会吧？

闻烬一边打游戏，一边看了眼屏幕上的弹幕，思索了片刻说："她不让说。"

啊啊啊！啊啊啊！

还真的是！兄弟们哦不！姐妹们！上啊！去看看她是谁！

已经看到了，是个 ASMR 主播！还是个不露脸的主播！

从半年前开始做直播，粉丝数只有两万。

那她完了，我们几千万大军马上就要包围她了。

蒋婉正在厨房里给闻烬倒饮料。

她倒了杯橙汁，悄声进了闻烬的房间，避开摄像头，把橙汁轻轻地放在他手边。

闻烬抬头看了她一眼，伸手拿起橙汁喝了一口。

粉丝看到这一幕又炸了：

阿烬！那个女人是不是就在你边上！我们要看！

饮料都送到面前了，那个女人果然就是和阿烬同居的那位！

我嫉妒了！

到底什么样的女人！你让我看一眼，让我死心！

蒋婉正要出去，就听闻烬开口，他的嗓音异常低哑性感。

"不行。

"她会生气。"

粉丝疯了：

啊啊啊！到底是谁！为什么把我们阿烬吃得死死的！

我嫉妒得裂开了已经！

这么帅的男人为什么这么宠女朋友！我现在就去打我男朋友！

楼上那个等等我，烬哥太完美了，呜呜呜，我嫉妒他的女朋友！

蒋婉困惑极了，她回到房间打开手机，想看看闻烬在说什么，结果就看见满屏的弹幕都在刷她的 ID，后面是大写的红色字体——嫉妒。

她的手机还在振动，提醒她有新粉丝关注。

她有些莫名其妙地点开自己的主页，发现自己不过出去倒杯橙汁的时间，竟然涨了十万的粉丝。

手机还在振动，数字还在不断往上叠加。

她错愕地拿着手机冲到闻烬房间，打开门，冲闻烬指了指自己的手机，嘴里无声地说："粉丝，你的好多粉丝，都关注我了。"

闻烬看了她一眼，又转向镜头，用低哑的嗓音说道："不可以问她关于同居和第一次的问题。"

他表情十分认真："她会生气。"

蒋婉：……

弹幕全在刷：

救命啊眼泪笑出来了！

哈哈哈！

笑疯了哈哈哈！

晚上蒋婉直播时，粉丝数已经达到一百万。

她有些紧张。

她播了半年才养了两万的粉丝，万万没想到，一个下午涨了一百万。

就只因为她在闻烬的直播间发了一句话。

她忐忑地做着直播准备，昨晚喝了酒没直播，今天她提前了两个小时开播，以往她会看弹幕选择接下来做什么，但今天弹幕太多了，满屏都在刷"闻烬"两个字。

她耳根泛红，凑近麦克风，拿笔在本子上写字，发出沙沙的声响。

每隔几分钟，她会凑近麦克风，从嘴里吐出一个泡泡音。

弹幕上疯狂地在刷：

这是接吻声吗？是跟阿烬在接吻吗？！

这是接吻声吗？是跟阿烬在接吻吗？！

蒋婉：……

她面红耳赤地打字回复：没有，不是。

新来的这群粉丝几乎没看过这样的直播，因此不太了解那些声音怎么发出来的，所以非常兴奋又笃定地认为蒋婉的泡泡声是和闻烬的接吻声。

蒋婉这边还在面红耳赤地打字做解释，房间门却被打开了。

闻烬走了迸来。

蒋婉指了指麦克风，示意他自己正在直播。

但闻烬却走到她面前，微微压低了脊背，凑近她，捏起她的下巴，吻住她的唇。

清晰的"啵唧"声回响在整个房间。

一分钟后，他撤开身，冲麦克风说："这个才是接吻的声音。"

蒋婉：……

弹幕轰地炸开了：

有生之年我听到了什么？

阿烬！我脑子里有画面了！我疯了！

我刚刚不小心开了外放，我亲戚来家里做客，一屋子人！

这不是我能听的……

蒋婉整张脸红得彻底，她羞愤地瞪着闻烬，突然站起来，把他往门外推："你出去，我在直播。"

闻烬又搂住她吻了过来。

蒋婉挣扎着推开他。她压低了声音喊："我在直播！"

"我知道。"闻烬点头。

蒋婉整张脸又热又烫，她压低了声音向闻烬解释："没有人会在直播的时候接吻。"

闻烬点头："那等你直播完，我们再继续。"

蒋婉：……

弹幕全都笑疯了：

哈哈哈！我笑死了！

哈哈哈我笑得山崩地裂，笑得方圆十里所有人都得靠助听器生活！

阿烬怎么这么可爱！

我好奇小姐姐是怎么跟烬哥认识的……哈哈哈你们对话好有趣！

我居然嗑起来了，还全程姨母笑哈哈哈！

今晚是蒋婉直播最失败的一晚，却是她收到礼物金额最高的一晚。

她从八点播到了十二点，短短四个小时，收到了近十万的打赏，特别是闻烬出现的那几分钟，礼物几乎被刷爆了。

她这半年加起来的礼物都没今晚收到的多，关了电脑，蒋婉去阳台收衣服，准备洗澡睡觉。

闻烬正坐在地板上下棋，客厅的灯关着，只有冰箱门被拉开，透出冷白的光。

他就坐在冰箱前，偏长的头发被发箍箍在脑后，长腿屈着，眉眼专注地盯着地板上的棋子。

蒋婉没有打扰他，只给他倒了杯水放在手边，随后去阳台拿了衣服去洗手间。

她洗完澡吹完头发出来后，闻烬已经不在客厅了，客厅一片漆黑。

她打开自己的房间门，正要转身关上，就见床上坐着闻烬。

蒋婉看着他，声音都磕巴了："闻烬，你怎么……睡，睡我床上？"

"想跟你睡。"他目光坦诚地看着她。

闻烬站起来俯身过来亲她的唇："你每次喊我的名字，"他吐息灼烫，修长的指握住她的手，抵在自己心口的位置，嗓音低哑含糊，"这儿就会跳得很快。"

……

早上七点，蒋婉正睡得迷糊，就被闻烬晃醒了。

他指着腕表冲蒋婉道："七点了，起来跑步。"

蒋婉：……

她还发着蒙，却已经被闻烬拖起来，半抱着送到了洗手间。

"闻烬，乏很困……"她声音轻得似在呓语，手没什么力气地搭在他手臂。

"跑完步就不困了。"闻烬认真地说。

蒋婉：……

上厕所洗脸刷牙，她像是梦游似的操控着发抖的手腕。换好衣服出来后，她的脑子被冷风一吹，终于清醒了。

小区里有不少人在跑步，都是从这里跑到外面的公园，来回一圈大概半小时。

蒋婉跟在闻烬身后，努力拖着两条发抖的腿跟上他的步伐。

闻烬穿着一身白色运动服，脑袋上戴着帽子，耳朵里塞着耳机，脚上的鞋子崭新得像刚从专柜店拿出来。

蒋婉低头看着他的鞋，总担心他会不会一脚踩到脏东西。

蒋婉很久没跑过步了，记忆里就只有高中住宿的时候，每天起来晨跑锻炼。

那时候的她每天都怀着满腔热血，总以为考出去以后就有美好的未来。

后来幻想破灭的时候，她还以为自己是在做梦。

是啊，不是梦的话，她怎么会进了那么恐怖的地方呢。

蒋婉在不停地奔跑，缺氧的脑子却在闪现有关学校的各种画面。

每天天不亮就起来晨读上早自习，做课间操，排着队升旗唱国歌，做不完的试卷和考不完的模拟考，食堂打饭的阿姨笑眯眯的脸，走廊里打闹的同学，各科老师或威严或慈祥的脸，拍毕业照时大家对着镜头的一张张笑脸……

她甚至还记得自己给其他同学留言册上写的一句句祝福。

她说未来很美好，加油。

可是，美好的未来，冲她喊了暂停，她恣意的青春，对大学的憧憬，像绷断的弦，戛然而止。

才刚跑到公园，蒋婉就累得跪坐在地上。她大口喘着气，脸上是汗，眼眶有泪。

其实她一直想问问爸妈，为什么那么狠心，为什么那么轻易地就毁了她。

她捂住脸，眼眶又酸又烫，眼泪顺着指缝往外溢出来。

她想回去，找个地方藏起来，慢慢平复。

可腿软得使不上力气，面前有呼吸声落下，随后她的耳朵里被人塞了耳机，不是什么流行音乐，是一首钢琴曲。

她没怎么听过这类曲子，一时间怔住了。

手臂被男人扯住，等蒋婉反应过来时，她已经趴在了闻烬的背上。

他背着她继续向前跑，跑进公园。

他身上出了点汗，却没有汗味。低头只能闻到迷人的松木香味，带着安神的气息，让蒋婉的内心一瞬间平静下来。

闻烬跑得不快，但蒋婉还是被颠得胸口发疼。她擦掉眼泪，轻轻搂住闻烬的脖颈，目光向上望去，眼前的景象却让她愣住了。

长亭下有人三三两两地在聊着天，小桥上有老人带着孩子出来散步，花园里开满了水蓝色的花，有中年妇人在边上拍照，笑声不断。

他们的头顶是大片绿色的树叶，透过缝隙可以看见闪烁的晨光。

有风从脸边乱过，是那样地轻柔，像一片吻落在脸上，带来一阵酥麻。

空气里有花的香气、泥土的味道，耳边是舒缓的钢琴乐声。

在这一刻，蒋婉的内心得到了抚慰与感动。

她轻声喊："闻烬。"

男人停下来，微微喘着气，偏过头看向她。

他的脸线条流畅，薄汗顺着额头往下滑，落到坚毅的下巴上。

他的喉结一上一下地滚动着，男性荷尔蒙爆棚，性感撩人。

蒋婉伸手擦掉他脸上的汗，红着脸伸头想亲他的脸，却没够着，只亲到了他的耳朵。

闻烬偏头看过来，眼底的墨色浓郁，嗓音沙哑极了：

"蒋婉。

"再亲一下。"

大概他们这个背着人跑步的造型比较特别，一路上引来不少围观。

再加上闻烬过人的长相和挺拔的身高，不少路过的女性都在偷偷打量他们。

蒋婉第一次以闻烬的视角看到外面的一切，自然也注意到了那些女性的视线，她看了眼闻烬，男人背着她一直往前跑，像没注意到外界似的，目光紧盯着前方，呼吸有些粗重。

她耳根一红，拍了拍闻烬的肩膀："放我下来，我自己跑。"

闻烬弯腰将她放下来，转身看着她的脸说："那你待会儿跑不动了就跟我说，别一个人哭。"

蒋婉：……

她又不是跑不动才哭的！

她咬着唇瞪了他一眼，把耳机取出来丢在他怀里，头也不回地就往前跑。

她第一次觉得晨风这样温柔，吹得她心口泛起柔软的涟漪。

两人从公园跑回去的时候，蒋婉决定顺便去超市买菜。

闻烬原本要回去，见她头也不回地走向超市，他在原地站了片刻，也跟了上去。

蒋婉推了一辆购物车。

她昨天收到了很多打赏，折现后的收入比她这半年做的直播费还高，这些粉丝都是冲着闻烬才会打赏的。

她思来想去，只能做一顿好吃的感谢他。

蒋婉正在挑肉，边上冷不丁站了人，一身的白。她条件反射地看了一眼，才发现闻烬不知何时跟了过来。

"你不是要回去洗澡吗？"她有些诧异，眼底却带着自己都没察觉到的笑意。

闻烬坦诚地看着她："待会儿回去跟你一起洗。"

蒋婉：……

边上买肉的顾客：……

面前称肉的大妈：……

蒋婉红着脸往边上走，闻烬扯住她的胳膊："不是买肉吗？"

"等会儿再买。"蒋婉羞得耳根都在发烫。

闻烬不解："为什么？"

还不是因为你！

蒋婉害怕他接着问，忍了忍，红着脸回头，指了牛肉和小排，要了份五花肉，又要了份玉米肉丁。

称肉的大妈这几天经常看到她来买肉，早就认识蒋婉了，却是第一次见她边上跟着男人，又听到闻烬说那么暧昧的话，便开口问了句："这是你老公？"

蒋婉面红耳赤："不是。"

"没结婚也快了。"大妈乐呵呵地笑着，"年轻人长得可真好看，你们俩以后的孩子一定非常漂亮！"

蒋婉：……

闻烬在边上悠悠来了句："我不喜欢小孩。"

大妈一脸过来人的语气道："现在年轻人都很享受二人世界的，但是孩子是要生的，不然以后太孤单了，现在你们体会不到，以后……"

"走吧。"闻烬拉着蒋婉转身就走。

大妈：……

蒋婉有些尴尬地冲大妈挥了挥手。两人走到水果区选水果，她挑了个小一点儿的西瓜，又挑了一袋子橙子，准备回去榨鲜橙汁。

闻烬看着她说："我不喜欢小孩。"

蒋婉红着脸看了眼旁边，幸好没别人，她小声回道："我知道，你刚刚说过了。"

"你呢？"闻烬问，"你想要跟我生小孩吗？"

蒋婉：……

她红着脸瞪他，压低了嗓音喊："你不要在外面说这种事！"

闻烬指了指身后卖猪肉的大妈，面露不解："为什么她可以在外面说，我就不可以？"

蒋婉：……

蒋婉红着脸没理他，急匆匆把买的水果称好价格，推着购物车就往收银区走。

闻烬跟在身后："蒋婉，回答我。"

蒋婉羞愤地瞪了他一眼："回去再说！"

"哦。"闻烬安静了。

两人排着队。闻烬个头高得十分惹眼，戴着帽子，那张脸的表情透着几分冷淡，可颜值高得离谱。

不少人转过头来看向他，还有人刻意跟身后的人说话，提醒身后的人一起看闻烬。

蒋婉站在闻烬前面，四面八方的目光掠过她看向身后。

轮到她结账时，她才状似不经意地回头看了眼，就看见闻烬低着头在看货架上的避孕套，已经一口气丢了二十个进去了。

蒋婉脸色猛地涨红，声调不由自主地拔高了："闻烬！"

四面八方的人都看了过来。

蒋婉耳根红得滴血，她勉力冲收银员说："结账。"

她的声音带着颤，不知是气还是羞。

蒋婉的内心已经有个小人捂着脸尖叫着奔跑了，可面上她还努力维持镇定。

结了账出来，她提着袋子，也不等身后的闻烬，迈开步就往前冲。

闻烬几步追上。

一进电梯，蒋婉就把脸捂住，整个人转身贴在金属门上："我完了……我完了……她们都看见了……"

"你怎么了？"闻烬问。

蒋婉转身羞愤地瞪着他："你还问怎么了！就是因为你！"

电梯停下，一位老大爷走了进来。

蒋婉蓦地止住话头，收起脸上所有的表情。

闻烬却接着问："因为我什么？"

蒋婉轻轻瞪了他一眼，偏头不去看他。

闻烬又问："因为我买那个？还是因为我们讨论生孩子？"

蒋婉：……

老大爷：……

蒋婉低着头，脸色通红，她伸手轻轻掐了掐闻烬的胳膊："我们回家说。"

闻烬看了眼老大爷，没说话，点了点头。

电梯到了。

蒋婉一手提着肉，一手提着水果出来。

闻烬站在门口开门，边上站着七八个队员，众人挨个跟她打招呼，见她手里提着东西，全都赶过来抢。

"姐姐我给你拿！"

"给我给我！我来拿！"

"给我！"

众人哄抢之下，袋子被扯坏了，随着橙子掉落下来的还有二十多盒避孕套。

空气瞬间静滞。

蒋婉：……

蒋婉躲在房间里思考人生思考了许久。

门口，闻烬在敲门："蒋婉。"

不用思考了。

蒋婉捂住发烫的脸，冲他喊："走开！"

"我饿了。"

蒋婉看了眼时间，快八点二十了，闻烬还没吃早饭，他待会儿还要直播。

她深吸一口气，打开门走了出来。

闻烬站在门口，低头凑近看她："生气了？"

他靠得太近了，像是下一秒要吻过来。

"没生气……"蒋婉偏头躲了躲，担心被他的队友看见，轻轻推开他，"我去做饭。"

客厅里八个人在沙发上坐得笔直。

蒋婉低着头走进厨房，从冰箱拿出鸡蛋，又从袋子里拿出新买的里脊，清洗干净后，开始做闻烬的早饭。

闻烬去洗澡了，整个客厅只剩下做饭的蒋婉，和沙发上……八个队员。

铜锣烧按捺不住，小步跑到厨房，冲蒋婉说："姐姐，我们什么都没看见。"

蒋婉：……

她一声不吭，低头煎蛋。

其他几人也赶紧凑了过来："姐姐，我们也什么都没看见。"

蒋婉的脸红得彻底："没事了，你们……吃过早饭了吗？要不要吃点儿？"

"要！当然要！"一行人活跃起来，"我们就是来蹭早饭的。"

尴尬的氛围终于被打破。

蒋婉轻轻呼出一口气，转身从冰箱又拿出八个鸡蛋。

"你们能吃青菜吗？"她看向铜锣烧问。

"能啊。"铜锣烧走向冰箱，见里面还放了不少青菜，说了句，"阿烬不能吃青菜。"

"我知道。"蒋婉轻声解释，"这是之前买的。"

"嗯，千万不能让他碰到青菜，一点点都不行。"铜锣烧表情难得有几分严肃，"他吃到一点儿菜叶就会吐个死去活来。"

蒋婉一直以为闻烬是不喜欢吃青菜，没想到是他不能吃，而且还这么严重。

"怎么会这样？"

"不知道。"铜锣烧耸肩，"从我们认识他那天起，就没见他吃过青菜，有一次吃饭，他不小心吃到菜叶，吐了很久，整张脸都白了。"

蒋婉愣怔间，洗手间的门打开了，闻烬擦着头发走了出来。

他穿着纯白T恤，底下是一条七分裤，露出结实的小腿。

蒋婉低头把煎好的蛋装出来，做了几份三明治，放在盘子上递给铜锣烧。

铜锣烧端到餐桌上吆喝大家："来来来，谁要三明治？"

闻烬把毛巾搭在后颈，走进厨房。蒋婉正专心地拿铲子将煎蛋盛到盘子里，冷不丁被他搂住腰。

蒋婉吓一跳，轻轻挣了挣，小声说："闻烬，他们都在。"

"我知道。"闻烬低头亲了亲她的后颈，"我刚刚洗澡的时候，一直在想你。"

蒋婉脸一红，就听闻烬接着说道："如果不是他们来了，我们现在还能一起洗澡。"

"你们卿卿我我的在说什么呢？"铜锣烧捂着眼睛，一副想看又不想看的娇羞样，"麻烦可怜一下我们几个单身狗好吗？"

闻烬正要开口说话，却被蒋婉捂住嘴："他问我什么时候做好早餐。"

"哦。"铜锣烧不知信没信，把盘子放在洗碗池里，转身去了餐桌。

"不许跟别人说那种话。"人一走，蒋婉就警告似的瞪了闻烬一眼。

"哦。"闻烬去餐桌上乖乖坐着。

边上几人贱兮兮地凑过来："了不得啊，阿烬，买那么多盒,完全看不出来你还这么厉害啊!你那天直播说的真的假的?没图没真相我不信,除非……"

"你要试试?"闻烬抬头,面无表情地问。

众人:……

队友这次过来,是找闻烬商量周末去上海打比赛的事情。

"教练的意思是让我们都去,就当玩玩,反正大家都退役了。"

闻烬低头吃完没有生菜的三明治,又喝了一口咖啡,随后冲几人说:"不去。"

几人全站了起来,极力劝说着:

"阿烬,我们很久没一起打游戏了,兄弟几个都非常想再打一次。"

"是啊,跟我们一起去吧,你的粉丝都期待看到你再上场的一天呢!"

"其实教练最希望看到的人是你,毕竟你的名气比我们都大。"

"说白了,他想叫我们去,就是想让你的粉丝团给他壮壮声势。"

"都快一年了,你就不想再和我们一起比赛吗?"

闻烬面无表情地说:"不想。"

众人:……

铜锣烧凑到他面前:"阿烬,蒋婉没看过你打比赛的样子,你不想让她看看吗?"

闻烬看了一眼正在厨房忙碌的蒋婉,偏头看向铜锣烧:"出发日期发我手机。"

铜锣烧站起来冲其他人击掌："呀吼——"

闻烬去洗手间洗了手，出来后就进了房间。

门一关上，其他人就站在客厅欢呼着，最后统一看向厨房的蒋婉。

蒋婉：……

"谢谢姐姐！"

"姐姐下次见面我请你喝酒！啊不，请你吃大餐！"

"姐姐大恩大德！我这辈子无以为报，下辈子给你当牛做马！"

蒋婉：？

一行人冲她挥了挥手告别，兴奋地打开门离开了。

蒋婉失笑，去玄关收拾好了拖鞋，随后进洗手间，先把衣服丢进洗衣机，又拿拖把出来打扫卫生。

忙到十点，她才带着一身汗去洗澡。

洗完澡出来，她把洗衣机里的衣服晾了，把换下的脏衣服洗了，又去厨房把米饭淘好，放进电饭煲里蒸着，最后回了房间。

她准备上网查一下一吃青菜就吐的原因。

网页上显示很多，生理因素，心理因素，还有心理医生提供在线咨询解答。

蒋婉正要咨询一下，门忽然被敲响，她被吓得猛地把电脑关机合上，力道太大，把自己都吓了一跳。

闻烬打开门，站在门口问："你在看什么？"

"没，没什么。"蒋婉紧张地摆手。

闻烬盯着她的表情看了片刻，走进来问："你在浏览'视频'？"

蒋婉面红耳赤地辩驳："没有！"

"下次，'闻烬嗓音低哑地说，"可以叫我一起看。"

蒋婉欲哭无泪："我真的没有看！"

她按下开机键，想打开页面告诉他，自己只是在查不能吃青菜的原因，却发现因为她之前大力合上的缘故，电脑直接黑屏了。

彻底打不开了。

闻烬看着她说："下次用我电脑看。"

"我真的没看！"蒋婉羞愤欲死，"这个电脑是刚刚我用劲儿大了，关机太猛了，所以才黑的，根本不是……不是看那个才黑的！"

"哦。"

"真的不是！"蒋婉面色涨得通红。

闻烬走过来检查她的电脑："别生气，我给你修好，你就可以继续看了。"

蒋婉被气得去厨房做饭了。

几个菜炒完，她回房间喊闻烬吃饭，就看见闻烬正在她的桌面上建了两个文件夹。

一个文件夹名为：白的

一个文件夹名为：黑的

蒋婉：……

"吃饭了！"她说完，羞愤地转身就往外走。

闻烬跟着出去，洗了手坐到餐桌上，不解地问她："怎么生气了？"

蒋婉轻轻瞪了他一眼。

闻烬拿起筷子，吃饭之前，看着她道："在超市的问题，你还没回答我，你想要跟我生小孩吗？"

"不想！"蒋婉羞愤地说。

"很好，我也不想。"闻烬满意了，低头安心吃饭。

吃完饭蒋婉回到房间，忍不住坐到电脑前，点开文件夹，想看看闻烬到底放了什么在里面，结果才刚点开，门就被闻烬打开了。

蒋婉看了眼屏幕上各种"视频"名称，又看了眼门口的闻烬。

"一起看？"闻烬转身要去拿椅子。

"等一下！"蒋婉深吸一口气，问他，"你想说什么？"

"周末比赛，你跟我一起去。"闻烬说完，指着她电脑说，"第三个比较好看。"

蒋婉：……

她把闻烬推出去："好，我知道了。"

闻烬看着她："你不跟我一起看？"

"我不看！"她涨红了一张脸，"我就是想打开看看里面是什么！"

"哦。"

蒋婉把门关上，把文件夹里的那些东西删了个干干净净后，才想起闻烬刚刚说了什么。

比赛？

周末比赛她跟着一起去？

她跟着一起去？

蒋婉赶紧去闻烬房间，担心他正在直播，她轻手轻脚地打开房间门，正要开口，就听闻烬冲着直播间的粉丝说："婉婉？她正在……"

蒋婉浑身的血液都冲到了头顶，她冲进去大喊一声："我没看！我把那两个文件夹都删了！一个都没看！"

闻烬摘掉耳麦，偏头看向她："为什么？不喜欢？"

蒋婉面色涨红："我不看那种！"

"那你想看哪种？还有其他类型。"闻烬正要点开，突然想起什么似的看向蒋婉，"啊，直播的时候不能说这些？"

弹幕却炸了：

看什么？

盲猜会不会是……

什么？！很多类型是什么？是我想的那种类型吗？

超级管理员快出来！！！

楼上加个好友，私聊！

哈哈哈笑死我！最后那句求生欲好强啊！烬哥！

婉婉会不会生气了？

闻烬也看到了这条弹幕，回头看了眼蒋婉："你生气了？"

蒋婉深吸一口气，努力维持住脸上的表情："没有。"

闻烬点头："那等我直播完发给你。"

蒋婉木着脸回到房间，扑到床上，捂住脸："呜呜呜……"

她完了，她的名声。

果然晚上一打开直播，满屏都是：蹲一个资源。

蒋婉：……

啊啊啊，放过她吧。

当天晚上蒋婉的直播间，毫无意外——全是在问闻烬。

蒋婉甚至连泡泡都不敢吐，担心又被闻烬按头接吻。

直播短短两个小时，她就收到了近十万的打赏，这是她以前做梦都不敢想的数字。

她一晚上都在打字道谢，不少粉丝喊话让她说几句话，还让她叫阿烬来说两句。

闻烬正在客厅地板上下棋。

蒋婉没有开口说话，也不愿打扰闻烬，道了一声谢之后，开始轻咬香蕉皮。

有很多人喜欢听吃东西的声音，糖果或者是水果。

蒋婉有吃过枇果，但是吃完收拾起来很麻烦，还会制造很多噪声，所以她后来更愿意选择糖果和香蕉皮。

一来，很多粉丝喜欢听咬香蕉皮的声音，二来，香蕉皮很好收拾，咬完可以放在桌上，不会像咬枇果那样流得满手都是汁液。

她用牙齿轻轻磕在香蕉皮上，一点一点去咬，凑近麦克风，脆脆的声音。

弹幕一直没有停下来，但也有不少粉丝在认真听，她们都是闻烬的粉丝，没接触过这类，所以问题格外的多。

蒋婉没多少时间回复，她打字不是很快，偶尔错过一条消息，下一条消息还没来得及看，弹幕就又刷了过来。

她不得已出声，只用气声说："谢谢。"

谁知道，听到她开口，粉丝们全都疯狂出动，开始不停地问：

阿烬呢？阿烬在你旁边吗？

烬哥！烬哥！烬哥！烬哥在吗？

小姐姐，我很好奇你跟烬哥怎么认识的？求透露！

你们真的同居了吗？

蒋婉难以招架，直播结束后，她后背都是汗。

出来时，闻烬还在地板上下棋，冰箱的冷光落在他身上，照出他没有表情的一张脸。

蒋婉静静地看了他一会儿，这才去阳台收衣服。

路过他时，她还是倒了杯水放在他手边，随后去洗手间洗澡。

她不知道的是，在她离开后，闻烬一直专注在棋盘上的目光微微错开了片刻，他抬头看了一眼她的背影。

闻烬之前招过很多家政。

她们大多年纪较大，而且很吵。

她们打着为他好的名义，偷偷在他的果汁和饭食里加青菜，看到他吐到面无血色，差点被送进医院时，才惊慌失措地道歉说自己不知情。

虽然她们没有住在家里，但闻烬知道，如果她们发现他梦游，还会神经质地坐在冰箱门前下棋，一定会对他退避三尺。

他知道的。

他小时候的那些玩伴就是这样被吓跑的。

蒋婉是第一个会在他坐在这儿安静下棋时为他倒水的人，也是第一个知道他梦游后没有大喊大叫，也没有转身将他抛下就走的人。

蒋婉洗完澡吹干头发，照镜子时，发现自己的头发长长了些，垂在肩上。

她忽然想起在监狱的那段日子。

当时她刚进去，就因为长得太好看，被一个长得奇丑无比的女人拿汤泼在脸上，幸好汤不是特别烫，她没受伤，只是浑身都是汤汤水水，狼狈至极。

她回去后就被同屋的大姐们提醒，漂亮的人在这里很惹眼，会被人盯上，不是什么好事。

后来，她剃了头，整天素颜朝天，甚至脸都不敢洗。

直到后来她安静得没了存在感，日子才好过起来，可那张脸却是越来越没法看，皮肤也因为劳累过度，加上营养不良，而变得蜡黄一片。

出狱后，她才能好好洗脸，涂护肤品，花了足足半年的时间，才把这张脸养好。

她并不觉得自己漂亮。

以前在学校，班里的班花收到的情书都有一书包，只有她，一整个学期下来，才收到一封情书。

还是班里一个学渣送的。

她现在还记得当初收到情书时的忐忑不安，此刻想想，和她经历过的相比，那些青春期的暧昧与躁动都太过单纯。

她用手抹开镜子上的水汽，像是抹掉了过去的记忆，徒留一片干净。

回到房间后，果不其然，她又看见了闻烬在床上。

他拿着手机，耳朵上戴着耳机。

见她进来，他摘掉一只耳机，冲她说："过来一起看。"

蒋婉惊疑不定地走过去："看什么？"

闻烬把手机翻过来，蒋婉被白花花的视频"晃瞎"了眼睛。

闻烬问："你是不是想看这种？"

蒋婉：……

出发去上海比赛的事已经定下了，铜锣烧他们把闻烬和蒋婉的机票都买了。

蒋婉没去过上海，不免有些期待。

这几天白天有时间她就开始收拾行李，装一些随身用品进去。

她还给闻烬也整理了个行李袋，他的包都是通体的白，干净得一尘不染。

因为第二天要早起去赶飞机，所以蒋婉当晚提前开始直播，跟闻烬说要他晚上回自己房间睡，随后洗完澡回到房间，就把门反锁了。

但是夜里她睡得不安稳，枕头上都是闻烬身上淡淡的松木气息，带着安神的味道，她一闭上眼，就总觉得男人就躺在身后。

可等她转身，身后是空的。

后半夜，她还是没睡着，打开门出来一看，客厅的灯还亮着。

闻烬正赤脚站在客厅。

他把收拾好的行李袋打开，把里面的东西一件一件地拿出来丢在地板上。

蒋婉放慢脚步走过去，闻烬恰好转身。

他面无表情的脸上，眼睛半合。

他在梦游。

她不敢叫他，只是跟在他身后。

看他打开冰箱，把果汁拿出来往地上泼，倒完又把鸡蛋拿出来"啪嗒"一下丢在地上。

做完这一切后，他原本要回自己的房间，却在进入房间的时候，又换了方向。

他走到蒋婉的房间，推开门，脱掉衣服，爬上床。

手臂伸出来，他似乎想搂住她。

但床是空的，他茫然了片刻，继续伸手去摸。

蒋婉赶紧脱鞋上床，男人的手臂揽到她的腰，将人搂进怀里，把脸埋在她肩颈的位置。

蒋婉的心脏正剧烈跳动着。

她不清楚闻烬以前遭遇过什么，唯一清楚的是：闻烬很需要她。

她转过身，伸出手搂住他的脖颈。右手轻轻抚在他的后背上，像哄孩子一样，轻声地唱歌。

她很久没有唱过歌了，记忆里，上学的时候要集体合唱时，她才跟着一群人一起唱。进了监狱以后，喇叭里天天放的都是些歌颂祖国的歌曲，她都不知道外面流行什么歌曲。

　　她出来时，流行歌曲都已经成老歌了，而她什么新歌都没听过，只记得几年前的歌。

　　歌词还没记全，但不妨碍她瞎编。

　　快睡着的时候，她隐约听到有人说话。

　　嗓音朦胧含糊，低哑至极。

　　"好难听。"

CHAPTER 04

我没睡好，
想抱着你睡

Embrace

早上六点不到，蒋婉就轻手轻脚地爬起来打扫客厅。

才刚拖完地，闻烬就醒了，穿着裤子出来。

"饿了？"蒋婉去洗手，准备给他做早餐，"等我两分钟。"

闻烬摇摇头，他头发很长，睡了一觉，头发有些乱糟糟的，中间还有一撮呆毛立了起来，显出几分可爱。

"想喝水？"蒋婉倒了一杯水走过来。

闻烬扣住她的手腕把她拉进怀里，又低头亲她的颈窝。

"我们待会儿要赶飞机。"蒋婉面红耳赤地挣开他，"快去洗澡换衣服，没时间了。"

"哦。"

闻烬洗完澡出来又换了套纯白的运动服，半湿的长发被他顺到脑后，露出光洁的额头，他微微仰着脸，凸起的喉结异常明晰性感。

蒋婉把早餐放在他面前，自然而然地接过他丢在椅子上的毛巾替他擦头发，擦拭干净后，她才去洗澡换衣服。

她做事勤快又麻利。等闻烬到门口换鞋时，她已经背着包，嘴里叼着面包出来了。

蒋婉第一次坐飞机，在出租车上就有些紧张和期待，时不时低头检查身份证、手机和银行卡。

下车之前，闻烬丢给她一只黑色口罩。

蒋婉不明所以地戴上，等下了车，到了机场才明白闻烬为什么给她口罩。

成百上千的粉丝堵在机场里，她们手里高举牌子。牌子上面都是加黑粗体，写着"闻烬"两个字。

闻烬把自己的包背在后背，又一只手把蒋婉的背包放在右肩，左手牵着她往里走。

粉丝们看到这一幕都疯了：

"阿烬！阿烬！这是你的女朋友吗？是那个叫'是婉婉不是碗碗'的女主播吗？"

"烬哥！看看我！烬哥给我签个名吧！"

"闻烬！啊啊啊我爱你！祝你幸福！"

"烬哥！你们是公开了吗？啊啊啊我哭了！我被酸到了！"

粉丝的尖叫声几乎刺破耳膜。

蒋婉第一次见识这种场面，难免有些被吓到。不少粉丝都拼了命地往前挤，蒋婉险些被人潮淹没。

幸好闻烬一直牵着她，等到了和铜锣烧几人集合的地方，她才有些腿软地看了眼被保安拦在通道外的粉丝们。

她们还在不遗余力地呼喊着闻烬的名字。

奈何当事人面无表情地坐在椅子上，他的下半张脸被口罩遮住了，但还是惹得粉丝疯狂尖叫。

"姐姐，你不坐吗？"铜锣烧抬手招呼蒋婉。

蒋婉正要过去。

就见闻烬摘了口罩，他低哑的声音落在空气里，好听极了。

"过来。"

闻烬两边都是包，一个他的，一个她的。

蒋婉以为他要把包放在腿上给她挪出一个位置，于是抬步朝他走了过去。

却不想，才刚到跟前，男人就一伸手把她拉坐在腿上，两手形成一个圈，环住她的腰身，下巴自然地搭在她肩颈的位置。

蒋婉：……

她看了眼对面，八个队员看见这一幕，纷纷低头胡言乱语："欸！你们刚刚说什么来着？这趟飞机上有明星？"

蒋婉面色滚烫地正要起身，却被闻烬扣住手腕。他的下巴搭在她的肩颈上，呼吸灼热，气息滚烫。

"我没睡好。"

口吻里竟然还有几分可怜巴巴。

蒋婉心口怦怦直跳。

然后听他用低哑的声音又说了句："想抱着你睡。"

昨晚，闻烬第二次在梦游中途清醒过来。

第一次也是在蒋婉床上。

这种情况很少发生，但连着两次发生了，身边都有蒋婉。

第一次是被梦惊醒，第二次，也就是昨晚，是被蒋婉的歌声"吵"醒。

他醒来的第一个感受是：她唱歌好难听。

然后他就失眠了。

闻烬闭上眼看到的就是孩童时期的自己被母亲牵着去看心理医生的场景。

"梦游其实是一种潜意识压抑的情绪在适当的时机发作的表现，他才六岁，我相信，只要慢慢把压抑的情绪释放出来，以后会恢复正常。"

"根源能找到吗？为什么会梦游？"母亲的声音在问。

"闻太太，答案很清楚了，他不停地把冰箱里的东西拿出来丢在地上，把房间搞得脏乱无比，谁来打扫？是阿姨，也有可能是你和你先生，他只是希望有人能陪他。"

"我们没太多时间陪他，不过我会给他找玩伴，希望你能治好他的梦游症，不然以后没办法送他去寄宿学校。"

"恕我直言，闻太太，我觉得做父母的还是应该多陪陪孩子，虽然他小，但是他的记忆力非常惊人，他能记得两岁的事情。如果你们在他童年时期扮演一个不负责任的父母，那么，今后将会给他造成极大的伤害，他现在才六岁，就已经学会压抑自己的情绪了。

"闻太太，你能想象，他二十六岁是什么样子吗？"

"闻烬。"

蒋婉轻轻拍了拍闻烬的手臂，他从上飞机起就靠在她的肩膀上睡觉，一路上都没醒过，马上就要下飞机了。

她摘了他的眼罩，伸出食指轻轻戳了戳他的脸颊。

下一秒，她的食指就被男人张嘴咬住了。

蒋婉往回抽，没抽回来。

她后脊一麻，耳根立马红了，她压低了声音轻喊："闻烬！"

闻烬这才松开齿关，微微坐起身。一双漆黑的瞳仁里带着几分疏懒和惺忪，偏头看向窗外，飞机已经落地，在跑道上滑行。

"我们先去酒店，大家今晚可以出去逛逛，明天早上七点

酒店大厅集合，然后一起坐车去电竞中心，OK？"铜锣烧从后面探头问。

其实这话是跟闻烬和蒋婉说的。

其他八个人早就协商好也没有任何异议，就怕闻烬这儿出什么差错。

蒋婉点头："好。"

而闻烬面无表情地看着窗外。

蒋婉戳了戳他的胳膊，示意他回话。

他才点点头。

"对了，阿烬，你爸妈不是在这吗？今晚你还要跟我们住酒店吗？"Double A 问。

"我为什么要跟你们住？"闻烬面露不解，他牵起蒋婉的手，朝几人说，"我跟她住。"

蒋婉：……

众人：……

机场出口有不少提前到达的粉丝，一个个举着应援牌喊着口号欢迎闻烬。

闻烬一身纯白运动服，脸上戴着黑色口罩，身形挺拔笔直，后背背着两个包，一只手紧紧握着蒋婉。

和粉丝的狂热形成鲜明对比。

他太冷漠了。

连抬手示意或者给粉丝一个微笑都没有。

蒋婉被他牵着，时不时抬头看他一眼。

他在外面总是疏离淡漠，面无表情。可只有她知道，他的内心孤寂成荒原，所以才会在梦游的时候，跑到她的房间，只是为了搂住她。

办完酒店入住，一行人自行分开。

蒋婉和闻烬把包放下，准备去楼下吃饭。

点餐的时候，闻烬还没开口，蒋婉就对着服务员几番确认："不可以放一点青菜，菜叶也不行，一点绿色的都不要出现，可以吗？"

服务员再三点头："好。"

闻烬抬头看了一眼蒋婉。那是一张很秀气的脸，细眉长眼，头发不是很长，堪堪垂在肩上，皮肤很白，说话时眼睛总会带着一点善意的笑。

让人感觉很舒服的长相。

她不注重外表，也不会化妆，穿衣服也不爱打扮，几乎就是 T 恤和牛仔裤，女孩子爱穿搭的首饰长裙，她一件都没有。

她安静内敛，即便好奇，也从不过问关于他的任何事情。

就是这样的她，让闻烬第一次有开口的欲望。

"不想去。"

"什么？"蒋婉没明白，"去哪儿？"

"我爸妈的家。"闻烬又重复了一遍，"不想去。"

"我知道。"蒋婉指尖在桌布上摩挲了一下，"其实我跟我父母也闹了很大的不愉快，我现在也不跟他们来往了。"

她心底隐约有个想法，闻烬大概是第一次跟人主动说起自己的父母，所以为了公平，她也主动坦白一点儿关于自己的过去。

"我没有念过大学。"她勉力挤出笑，"但我考上了，只是没有去念。"

闻烬面无表情："我也没有，我自学考了两个学位证书。"

蒋婉：……

服务员过来上菜。

蒋婉深吸一口气，问他："为什么没去念大学？"

闻烬低头拿起叉子："太简单了。"

蒋婉：……

"麻烦。"他又补充，眉毛微微蹙起，"女生总喜欢跟我讲话，她们的问题很多，很吵。"

蒋婉点点头，又看了他一眼。

这个长相去学校，确实是女生倒追的对象。

其他男生要是有这个资本，不知道有多狂妄自大，他却觉得麻烦。

蒋婉轻轻笑出声。

"笑什么？"他问，"你也被很多男生追过？"

蒋婉：……

吃完饭，蒋婉想去附近的大学转一转，她没去过大学，想感受一下大学的氛围。

闻烬一路跟着她。

他个高腿长，加上过高的颜值，十分引人注目，来来往往不少人都朝他投来惊艳的目光。

闻烬微微蹙眉，拿起口罩遮住脸，随后牵着蒋婉过马路。

离这里最近的大学走路十五分钟就到。

头顶的骄阳炽烈闷热。

两人走了十分钟，蒋婉就觉得气喘，浑身都是汗。

她打开地图，前面还有一个红绿灯就到了，是一所科技大学。

蒋婉不清楚自己这副明显不像学生的模样能不能进去。

幸好，正值吃饭时间，门口人来人往，他们混在人群里走了进去。

漂亮的人工湖，成排的柳树，还有路上欢声笑语的学生，一切的一切都在蒋婉脑海形成鲜明的画面，好像她自己也曾融入过这个环境。

两人逛到研究所门口时，闻烬接到了电话。

是母亲李彩打来的。

"我听说你今天到上海了？在哪儿？"

闻烬眼里没什么情绪："在你工作的研究所门口。"

李彩挂了电话，连身上的防尘服都没脱，就跑了出来。

几年了？

三年还是四年？

闻烬就算来这里比赛，都没有回过一次家，也没到她这里来过。

一次都没有。

这是第一次，他在研究所门口等她。

快到门口时，李彩才记得把手上的无菌手套摘了，又脱下防尘服，递给身后的助理，随后让助理订午餐。

助理看了一眼时间说："快到一点了，这个时间应该都吃过午饭了吧？"

李彩正预备改订晚餐，助理就推开了门。李彩看到闻烬背身站着，他一身纯白的运动服耀眼极了。

她没注意到边上的蒋婉，下台阶时，看着闻烬喊："阿烬！"

闻烬转过身，朝她喊了声"妈"。

闻烬脸上没什么表情，眼底也没什么情绪，像是见到一个陌生的人。

"瘦了。"李彩打量着他，想伸手摸他的脸，却在半空顿住，因为闻烬侧过了脸，明显不想让她碰。

她尴尬地收回手，这才注意到闻烬边上站着的蒋婉。

"你好，你是？"李彩微笑着问。

蒋婉万万没想到，逛个大学逛到了闻烬母亲这里，要知道他妈妈在这儿，蒋婉打死也不会来这儿，而且……最重要的是，她根本不知道怎么介绍自己。

蒋婉朝她鞠了一躬："阿姨你好，我是他的……"

"家政阿姨"四个字还没说出口，闻烬就牵住了她的手。

蒋婉偏头看了他一眼。

闻烬眸底没什么情绪，目光淡淡落在对面两个人身上。

李彩面露诧异："你，你是阿烬的女朋友？"

蒋婉硬着头皮："你好，阿姨，我叫蒋婉。"

"你好。"李彩诧异之余，露出欣喜的神色，"我刚刚太惊讶了，他这么大，第一次……第一次喜欢女孩子，也是第一次带女朋友过来见我，我太惊讶了，不好意思。"

"路过。"闻烬面无表情地说，"没有要见你。"

李彩有些尴尬："吃饭了吗？我让助理订了餐厅，我给你爸发消息了，他一会儿……"

"要逛学校。"闻烬目光落在别处，"没时间。"

李彩脸上的神采全没了，笑都挤不出来，只是看着闻烬问："这么快？你还没见你爸呢，你都三四年没见过他了，他……"

"走吧。"闻烬已经牵着蒋婉往别处走了。

蒋婉忍不住回头看了一眼，李彩还站在原地，她边上的助理正安抚地拍了拍她的肩膀。

两人沿着图书馆转了一圈，找了个凉亭坐了一会儿。

蒋婉坐在那里，时不时看他一眼。

闻烬的手臂搭在栏杆上，偏头看她："想问什么？"

"第一次？"蒋婉不确定地问，"你之前没有交过女朋友？"

"没有。"闻烬屈着长腿，看着她道，"你是第一个。"

"渴了，我去买瓶水。"蒋婉非常机智地起身。

闻烬要跟着去，就见她摆了摆手："我去买，你在这坐着就好。"

"蒋婉，你很奇怪。"闻烬难得认真地看着她，"网上都是男朋友去买东西，女朋友坐在原地等。"

蒋婉：……

她恍惚觉得自己抓住了什么重点："网上？"

还有，到底是谁奇怪啊。明明是他更奇怪好不好。

"出来之前，我看了《情侣旅游日记》《上海情侣两日游》《情侣出行必备指南》《情侣约会必做》……"闻烬面无表情地叙述。

"等一下！"蒋婉忍不住打断他，"不用看那些，我们就……正常点儿就好。"

闻烬蹙眉："我不知道正常点儿是什么样。"

蒋婉：……

最后还是变成两个人一起去买饮料。

蒋婉拿了瓶橙汁和桃子汽水，是闻烬付的钱。

出来后，蒋婉问他："之前你买巧克力给我，还问我要了二十五块钱，现在给我买饮料，怎么不问我要钱了？"

"那个时候，我们不是男女朋友。"闻烬一本正经地回道。

"那我们现在是男女朋友了？"她问。

闻烬严肃地看着她："你想睡完不认人？"

蒋婉：……

两人一边喝着饮料一边往学校门口走，隔着一段距离，他们就看见一个中年男人站在门口，他穿着一件白大褂似的外套，戴着眼镜，面容十分和蔼。

闻烬目不斜视，走到他跟前，喊了声"爸"，随后跟蒋婉继续往前走。

蒋婉诧异地回头看了眼，那人是闻烬的爸爸？

闻国君走近几步，朝蒋婉打了声招呼，又问闻烬："过来比赛？"

闻烬点头"嗯"了一声。

"什么时候回去？"

"后天飞机。"

"今晚去家里吃饭吧，我和你妈这几年送你的礼物都堆在家里，多得都快放不下了，你回去拿一下。"闻国君笑着说。

闻烬还是面无表情："我收到你们送来的鞋子了。"

闻国君扶了扶眼镜："那个是生日礼物，不是还有新年礼物吗？你当时比赛赢了，我跟你妈妈也准备了礼物。"

闻烬蹙眉，明显不想再说话了："不用。"

闻国君转向蒋婉："是叫蒋婉是吧？晚上跟闻烬一起，去家里吃个饭吧，一家人难得聚一次。"

蒋婉摇摇头："如果他不想去，我也不想去。"

她吃过家里的亏，即便不明白闻烬跟家里闹僵的原因，她也不想让闻烬处于不舒服的环境里。

闻烬有些意外，不过他惯常没什么情绪，所以没人发现他视线里的异样情绪。

闻国君似乎没想到蒋婉也这么不给面子，他尴尬地笑了笑："行，尊重你们年轻人的决定，如果改计划了，可以直接过来这儿。"

他递过来一张名片，上面有他们夫妻俩的电话，底下是一行地址。

蒋婉接过，朝他点了点头。

闻国君看着她，说了句："他可能和其他人不太一样，希望你能好好照顾他，谢谢你。"

那句"他可能和其他人不太一样"像一把刀，暮地刺了蒋婉一下。

她忽然动了怒，朝闻国君说道："我不知道你们之间发生过什么，但一个孩子在父母面前都得不到认可和肯定，那么你们之间也没有需要补救的地方了。"

她那样生气，以至于气得眼眶都红了。

"是孩子的错吗？不，是父母的错！

"你们可能其他地方很出色，但教育方面肯定很差劲。

"没错，他是和其他人不太一样，但那是他的优点，我恰恰喜欢的就是他不一样的地方！"

回程的路上，蒋婉一直在哭。

闻烬去买了巧克力送到她面前，哪知道，蒋婉看见这个，哭得更厉害。

"哭什么？"他给她擦眼泪。

蒋婉一直以为除了自己，其他人的父母都是很爱孩子的，可是见到闻烬之后，她发现他可能比自己过得更惨，顿时就难受得不行了。

买巧克力哄人这招还是闻烬之前去警察局的时候，那个警察告诉他的，他记到现在。

他所知道的东西，不是从网上看到的，就是从其他人嘴里知道的，一点儿生活常识都没有。

他甚至不会害羞。

和人相处的模式就是公平，平等。

蒋婉越想越觉得，闻烬就是个被关在笼子里长大的孩子。

就像她，在监狱里被关了九年，出来时，都忘了怎么跟人

唇齿

正常交流相处。

她低头擦鼻子，用带着鼻音的嗓音问："闻烬，你以前住在这里吗？"

闻烬点了点头："嗯。"

"我想看看你以前住过的地方。"

她想知道，他以前遭遇过什么。

闻烬垂眸看了她片刻，问："你看完就不哭了吗？"

蒋婉心口一酸，眼眶又要红了，她重重点头："嗯。"

靠市中心的一套小区，进出要刷脸，闻烬牵着蒋婉进去时，刷脸核对不上，所以进去找保安签了字。

保安大叔左看右看也没认出他，等看见他的名字时才恍然似的道："你是闻教授的儿子吧？"

闻烬面无表情地点头。

保安大叔猛拍了一下大腿："哎呀，我说呢，你们父子俩看着还挺像的，你这离家好多年了吧？"

"七年。"闻烬说。

他十九岁那年靠打游戏赚钱，在海城买了房就搬走了，从此再也没回来过。

"七年啊。"保安大叔慨叹不已，又问，"哎呀，你这是以后要回来了吗？"

闻烬却不再回应，牵着蒋婉往小区里面走。

蒋婉微笑着冲老保安打了声招呼，才跟在闻烬身后走进去。

保安大叔站在门口，看着闻烬的背影暗暗摇头，轻叹一声："欸，好好的孩子……可惜了……"

他正叹着气，另一个保安过来了，保安大叔立马凑过去："你来晚了没看见！闻教授他儿子回来了！"

"闻教授儿子？啊！是那个患了梦游症的天才？"那人吃惊不已。

"对对对！就是他！"

"治好了吧，现在？"那人问。

"不知道啊，但我看人越长越帅，还带了女朋友过来，应该是好了吧。"

那人更吃惊了："还有女朋友？不是说有什么感情还是情感缺失吗？也好了？"

"不知道，但还是不爱搭理人。"

"那应该还没好，欸，可惜了。"

闻烬输入密码打开门，走了进去。

偌大的客厅，装修极其简单，一张皮质沙发，一张透明茶几，连电视都没有，四周除了盆栽，就只有桌上的十几个透明鱼缸。

她换了鞋，看见周围几乎有桌子的地方都放着大型玻璃缸，里面全都是绿油油的植物。

她好奇地问："怎么养了这么多绿萝？"

闻烬抬头看了眼，面上没有丝毫情绪。

"不是绿萝。

"是他们培育出来的有机青菜。"

蒋婉手里的鞋倏地落在地上，她怔怔看向四周。

偌大的客厅里摆着大大小小十几张桌子，桌子上放了四五十只大型玻璃缸，里面全都是有机青菜。

在这一刻，她满脑子都是铜锣烧曾说过的话。

"他吃到一点儿菜叶就会吐个死去活来。

"从我们认识他那天起，就没见他吃过青菜，后来吃饭时，他不小心吃到了菜叶，吐了很久，整张脸都白了。"

蒋婉克制了许久，才把眼眶里的热意逼了回去。

她走进去，打量着那些玻璃缸。

里面的青菜长势很好，每一片叶子都生机勃勃的。

她大概知道闻烬的父母是做什么的了。

研究所，教授。

"他们工作很忙吗？"她问。

闻烬盯着眼前的玻璃缸，目光无波无澜："一周回来两三次。"

一周回来两三次？

蒋婉惊呆了。

所以，闻烬是从小就一个人被丢在家里？

"你小时候就一个人？"蒋婉问。

闻烬摇头："有家教老师和家政阿姨。"

蒋婉注意到，他没提到父母。

"他们觉得我有做科研的天赋，在我很小的时候就请了家教老师指导我科研的知识。"闻烬垂眸看了眼透明玻璃缸里的青菜，"我五岁的时候，培育出了第一批绿植。"

他的声音很低，淡淡的没多少情绪："为了试验，研发出来的人要做第一批试吃人。"

蒋婉听得整颗心都在震颤："所以，你把你培育出来的青菜全部吃光了？"

"嗯。"

蒋婉想到他现在吃到一点儿青菜就吐，眼眶立马变得通红："然后呢？"

闻烬看了一眼头顶的吊灯："后来他们带我去看心理医生，不允许我在夜里活动，每到夜里十点，他们就停掉了所有的灯。"

蒋婉猜测，这时候他父母应该是发现了他会梦游。

"后来，他们送我去学校，才发现我跟正常的孩子不太一样。"闻烬说起这个时，面容有些许困惑，"他们觉得爱哭爱笑爱闹的孩子才是正常的孩子，我学不会，我哭不出来。"

蒋婉死死咬住唇，才没让眼泪掉下来："然后呢？"

"然后他们就把我送回来，从那天开始，我就一直在家里上课。"

"一直在家里？"蒋婉背过身匆匆擦掉眼泪，出口的声音已经带着鼻音，"没人陪你玩吗？就你一个人吗？"

他蹙着眉说道："一开始有，后来就没有了。"

蒋婉不再问为什么，她大概猜到了。

或者是因为他梦游时吓到了他们，也或者是因为别的什么，总之，他经历了数次的被放弃，到最后只剩他一个人。

闻烬走到冰箱前，轻轻打开冰箱，然后低头看着地板。

"晚上，我就坐在这里下棋。"

他说的是父母把灯停了的夜晚。

蒋婉捂住嘴，眼泪簌簌往下落。

她咬着唇，努力控制自己的声音："为什么？"

"太安静了，没有人。"闻烬看着地板，嗓音低低的，"下棋的时候，我会安静下来，不去想那么多。"

蒋婉再也控制不住自己，冲上前搂住闻烬的腰。

"以后我会陪着你。"她哽咽着说，"我会陪着你。"

闻烬低头看她："为什么又哭了？不是说了，看完就不哭了吗？"

蒋婉听他这么问，更是大哭。

闻烬拿了一块巧克力，剥开了递到她嘴边："吃一个，别哭了。"

"闻烬……呜呜呜……"蒋婉搂住他的脖子，哭着喊，"不想吃……我不想吃……"

她哭得泪流满面，胸口上下起伏不定，呼吸更是一抽一抽的。

"蒋婉。"闻烬伸出指腹去擦她的眼泪，"别哭了。"

"我愿意陪你一起哭。"他声音很低，眼底却透着认真的神情，"但我哭不出来。"

蒋婉心疼极了，抱着他抽噎道："我不要你哭……"

临走之前，蒋婉还是进了闻烬的房间看了一眼。

灰白的冷色调。

一张床，一张电脑桌，还有一个小型的实验桌。

看得出房间每天都有人打扫，没什么灰尘。

墙角放满了礼物盒，还有各式各样的鞋盒。这应该就是闻烬他爸说的礼物吧。

蒋婉走到他的电脑桌前，看见上面有个透明的奖座，写着："恭喜闻烬荣获市级研究所发明奖。"

"五岁那年得的。"闻烬在她身后说。

那一年，是闻烬最难熬的一年。

他每天都在做实验，核对数据，小小的孩子，像个大人一样默不作声，数据错误就重做，他没有生气，没有暴躁，一点脾气都没有，险些逼疯身边的研究员和指导老师。

他以为，只要研究成功，就能见到父母。

但结果告诉他，研发成功之后，还有数不尽的研究在等着他。

而父母，却只冲他说了一句："恭喜，你做到了。"

门关上，陪伴他的，只剩下冷冰冰的仪器和漆黑无尽的长夜。

"走吧。"蒋婉主动牵起闻烬的手。

等两人回到房间，被闻烬折腾一下午后，蒋婉觉得一整天下来，自己的心疼都白费了。这时铜锣烧打来电话。

电话那头的铜锣烧道："晚上八点来我房间，我们讨论一下明天的选位，反正你打野，我拿射手……"

"知道了。"闻烬快速挂了电话。

晚上八点，闻烬点了三份牛排，坐在铜锣烧的房间里，边吃边听他们讲明天的比赛战略。

"明天有热身场，到时候对 A 和 guy 你俩打配合，Boom 你拿打野……"铜锣烧说话间，回头一看，闻烬已经吃到第三块牛排了，"你怎么吃得那么快？！"

这才过去不到五分钟！

闻烬喝了口水："饿。"

众人看了眼他露出来的手腕，上面的牙印清晰地昭告着众人，他之前在房间里干了些什么。

"阿烬。"铜锣烧忍不住道，"明天比赛，镜头肯定会给到你的手，你要不贴个创可贴或者膏药？"

"为什么？"闻烬问。

铜锣烧：……

"我们还是继续讨论明天的比赛吧，阿烬拿打野，我拿射手，中路选个大控，辅助你们看情况，小乔是肯定会被 Ban（禁用）的，森林容易被针对，神农对面肯定会秒选，所以我们这边直接把他给 Ban 掉……"

闻烬回房间之前，接到了母亲的电话，问他明天比赛场地在哪儿。

他当初每天盯着电脑打游戏时，父母曾为此吵过架，互相埋怨对方不负责，导致他成了现在这样。

闻烬以前不知道自己是什么样。

他只知道。

他不正常。

因为他父母亲口质问过他："你能不能正常一点儿？！"

挂了电话后，他回到房间。

蒋婉睡得很熟，他洗了澡后上床，将她搂进怀里。

许久之后，他都没能睡着，正要起身出去跑步，腰身就被蒋婉搂住，她轻轻拍了拍他的背，呓语似的声音说："闻烬，我在这儿……睡吧……我陪着你……"

她以为他又梦游了。

黑暗中，闻烬安静地看了她片刻，随后伸长手臂，把蒋婉整个捞进怀里搂住，下巴搭在她肩颈的位置。

这一刻开始。

他的世界，变得安宁。

婉　　婉

Love

　　闻烬早上醒来时，蒋婉也跟着醒了，只是她还有点儿迷糊。

　　"几点了？"她问。

　　"六点。"

　　闻烬给她看手表，她眼睛眯到一起，看了许久，才说了句："看不清。"

　　闻烬拉开窗帘，无数的光涌进房间，照亮一切。

　　蒋婉彻底醒了，她盯着他后背结实的肌理叫了一声："闻烬！你没穿衣服！"

　　"嗯。"他裸着上身走回来，再次给她看手表，"这样，你就看清楚了。"

　　蒋婉：……

　　洗漱之前，蒋婉先打电话叫了早饭，要汤的时候，仍不忘再三叮嘱对方："不要青菜，一点儿都不可以放进去，我男朋友吃了会过敏。"

等她挂了电话，一转身就看见本该去洗手间洗澡的闻烬还站在原地，正看着她。

他惯常没什么情绪，只是那一刻，蒋婉觉得他那双眼格外的温柔。

"怎么了？"她正要起床，看到自己身上的印记，有些羞赧地看了闻烬一眼，"把窗帘拉上。"

闻烬又去拉上窗帘。

蒋婉爬下床，走了两步，腿一软跪坐在了地毯上，正跪在闻烬面前。

闻烬低头看着她，蹲下，把脸贴到她嘴边，凑近道："要亲？你快点。"

蒋婉扶着他的腿站起来，羞愤地喊，"你给我去洗澡！待会儿要比赛！"

闻烬抱了抱她："别生气，比赛完我们还有时间。"

蒋婉深吸一口气，告诉自己，不能生气，不能生气，不能生气——重要的话说三遍。

两人洗漱完，闻烬去洗了个澡，蒋婉拿着服务员送来的早餐，看了眼时间，就去洗手间喊闻烬吃饭。

见他湿漉漉地出来，身上只系着浴巾，蒋婉便把他按在桌前让他先吃早饭，又去拿了一条毛巾给他擦头发。

"头发长了，比赛完去剪短点吧？"她用毛巾擦完他的头发，又拿吹风机给他吹干。

"不想去。"闻烬吃了口肉，咽下了才说，"很多人要签名，很烦。"

蒋婉笑了一下，没再说什么，只想着等他比赛完，找个偏僻的理发店，找个理发师给他修短一点，头发长得要盖眼睛了。

闻烬今天依旧穿运动服，是白色的，但并不是昨天穿的那套。

他背包里有一套全新的运动服，昨天穿过的已经送去干洗了。

他穿好衣服鞋子，蒋婉已经叼着包子，拿着豆浆和自己的背包出来了。她出门前提醒他："房卡。"

她不像其他女生，需要化妆搭配衣服，需要男生等很久。

闻烬看着她说："蒋婉，你很奇怪，你都不让我等。"

蒋婉差点把嘴里的豆浆喷出来。

到底谁奇怪啊？

到了一楼大厅，铜锣烧他们人手一只包子，边吃边聊天。

看见他们过来，铜锣烧吆喝一声："走走走！人齐了！"

车子就在门口，因为他们近一年没打过比赛了，个个上了车都一分亢奋：除了闻烬。

蒋婉坐在他边上，牵着他的手问："你紧张吗？"

闻烬摇头。

蒋婉又问："你以前紧张过吗？"

闻烬摇头。

蒋婉以为他不明白什么叫紧张，解释给他听："紧张就是……很激动，心脏跳得很快，身体还会发抖。"

闻烬看了她一眼，漆黑的瞳仁尽是认真："蒋婉，那不是紧张。

"那是……"

不等闻烬说完，蒋婉捂住他的嘴："好了，不用说了，我知道了。"

车子经过绿树成荫的公园，拐到大路上，马路两边是各种各样网红餐饮店和个性潮牌店。蒋婉看得目不转睛，偶尔还盯着街角等红灯的男男女女看，他们都拿着手提包，一副赶着上班的模样，手里不是拿着面包咖啡，就是拿着手机边走边看。

快到地点时，蒋婉注意到一群拿着应援牌的粉丝在路上成群结队地走着，她们头上戴着夜光小恶魔发箍，有些是兔耳朵，手上拿着各式各样的荧光棒。

"你想要吗？"铜锣烧见蒋婉一直盯着看，便冲她说道，"待会儿让阿烬去给你要一个发箍。"

"不不不，我就是看看。"蒋婉摆了摆手，她根本不好意思戴那个发箍。

车子停下时，蒋婉看到门口挤满了人。

成百上千的粉丝，戴工牌的工作人员，还有不少扛着摄像机器的摄影师和穿着队服的电竞战队成员。

她有些紧张地看着闻烬，就见他面无表情地戴上了口罩，还拿出一只黑色口罩给她戴上。

蒋婉：……

下车时，喧嚣的声音如潮水般疯狂涌进耳郭。

"啊啊啊烬哥！烬哥来了！"

"火哥！火哥今天又帅出新高度！"

"阿烬！阿烬看过来！看看我！呜呜呜！看我一眼！"

"阿烬牵着的是他女朋友吗？！啊啊啊！感觉很普通啊！"

"别吵！别挤！往后退！都往后退！"保安的声音。

蒋婉被闻烬拉着，她一路低着头，非常担心他的白色鞋子会被人踩到。她被闻烬牵着走了没多久，忽然觉得周围一瞬间安静下来。

她诧异地抬头，发现闻烬牵着她走到一个手里拿着两只恶魔发箍的粉丝跟前停下。

"多少钱？"他问。

粉丝磕巴了："你，你要吗？"

闻烬点头。

粉丝赶紧递给他："送给你！不要钱！"

闻烬道了一声谢，回头把手里的恶魔发箍戴到了蒋婉脑袋上。

那一刻蒋婉感受到了四面八方投射过来的火热视线，她耳根一红，想把发箍拿下来，却听见闻烬说："好看。"

周围的人群"嗡"的一声炸了。

"啊！"

"烬哥怎么这么温柔！"

"呜呜呜哭了，这绝美的爱情！"

"阿烬你今天不是来打游戏的吧！"

"小姐姐　你就是那个叫'是婉婉不是碗碗'的主播吗？"

"小姐姐脖子上好像……"

后面的话蒋婉再没听清，她捂住脖子，跟在闻烬身后进去了，先通过宽阔的场地，四面都是独立高楼，门口立着大型的擎天柱等机械。他们走了几分钟，进入一栋大楼，穿过一条纯白色宽大的长廊，才终于停在电竞馆门口。

门口有登记签到，不少人手里拿着门票和入场券。

铜锣烧打电话跟教练说了声，没多久，一位瘦瘦的戴着眼镜的男人走了出来。他的脸有些黑，眼睛不大，厚嘴唇，长相看着不是很讨喜："都来了？"

他盯着闻烬看，面上带着笑："你小子不错啊，都有女朋友了！"

闻烬面无表情。

蒋婉冲对方礼貌地微笑。

"什么时候结婚？别忘了送请柬给我。"教练仿佛习惯了闻烬的沉默，笑着冲他说，"我到时候再忙也会赶过去参加。"

闻烬看了他一眼："不用。"

他认真地说："不会邀请你。"

教练哈哈大笑，笑完空气里只剩下安静。

场面尴尬得几乎让蒋婉窒息。

进去后，蒋婉才看清门内的世界。

像是巨型的电影院，前方是四个大型屏幕，一男一女两个解说员坐在最前方，戴着耳麦正在调试声音，他们身后是一个巨大的舞台。

头顶的帕灯、射灯、舞台灯、聚光灯，尽数打在舞台上，整个舞台中心光芒万丈，夺目耀眼。

台下几乎是一片漆黑，借着舞台上的灯光能看清四周全是座位，约莫一千以上，有一半已经坐了人，多数都是战队打游戏的人，他们都穿着统一的队服。

蒋婉想到外面还有上千个粉丝，不由得提了口气。

外面那么热，她们该不会只能在外面等吧？

热场比赛闻烬和铜锣烧几人不上，因此一行人找到邀请券登记的位置坐下，就开始小声闲聊起来。

他们坐在第二排，这个位置离舞台很近。

蒋婉忍不住环顾了一圈，周围不停有穿着队服的青年走来走去，他们不是在接电话就是在跟队友交谈，嘴里的专业术语是蒋婉听不懂的。

这是闻烬的世界，一个让她既觉得新颖又感到好奇的世界。

"姐姐平时也看阿烬游戏直播吗？"铜锣烧坐在她右边，跟边上人讲完话，找她搭话。

"嗯……偶尔看。"

蒋婉有些心虚，她就看过两次。

她转头看了看左边，闻烬戴着口罩，下半张脸完全被盖住。

察觉到蒋婉的视线，他偏头看过来，漆黑的瞳仁映出舞台的光，那片炫目的光里，盛着一个缩小的蒋婉。

他以为蒋婉要说话，微微凑近："怎么了？"

"没什么。"蒋婉小声回。

闻烬又看了她一眼，随后抓住她的手牵着。

蒋婉脸一红，转头看了看。

铜锣烧几人全都捂住眼睛，集体哀号："别虐单身人士了，求求你阿烬！"

八点零八分，全员进场，大门关闭，全场一片漆黑，只剩舞台灯亮着。

应该是放进来不少粉丝，蒋婉听见有人喊闻烬的名字，但是当舞台上主持人开始讲话的时候，全场安静了下来。

主持人出来介绍了主办方和投资方，还打了几个广告，紧接着以照片和视频的形式介绍了几个比较火的战队。

大概因为不算正式比赛，所以主持还有战队成员都比较放松，没什么紧张的氛围。蒋婉见到主持人念名单时，底下一群人尖叫吹口哨，随后屏幕上显示两排比赛的成员。

他们每人面前都有一台电脑，几人检查完电脑和耳麦后，开始正式比赛。

蒋婉看不懂游戏，等他们结束了，都不清楚哪边赢哪边输，只知道台下很吵，主持人的声音又快又饱含激情。

热身场打的单条路线——决战之谷，打得很快，平均十五分钟一局。

第一局游戏结束，换战队上场时，主持人给了大家三分钟时间整顿。

教练不知道从什么地方过来，带着一群新队员过来跟大家打招呼，其他人都站起来，只有闻烬坐在椅子上一动不动。

"这是闻烬。"教练走到闻烬面前，毫不吝啬自己的夸赞说，"我带过的队员里，最厉害的就是他了，速度反应各方面都很灵活。"

一张张年轻的新面孔凑过来。

"烬哥好！"

"烬哥我太喜欢你了！我一直看你直播！"

"烬哥你简直就是神一样的存在！你打游戏太帅了！"

面对七八个新人的恭维和赞誉，坐在椅子上的闻烬只有淡淡的一个字。

"嗯。"

蒋婉拉了拉他的袖子，示意他再说两句，起码打个招呼，不要让人太尴尬。

闻烬完全会错意，冲几人抬起下巴，微微偏了偏头。

在新人饱含期待的热切视线中，在蒋婉鼓励的眼神里，他用那低沉好听的嗓音说："让一让，挡到我们了。"

众人：……

九点半的时候，驴打滚他们五个人上场了，铜锣烧几人都站起来冲他们加油打气，蒋婉也跟着鼓励道："加油！"

他们身上都穿着以前的队服，教练也跟着去舞台上做指导，底下的粉丝大概认出教练和他们身上的队服，在底下狂喊闻烬的名字。

蒋婉悄悄回头看了眼，粉丝们都坐在最后两三排，她们举着夜光牌，手里拿着各种荧光棒，那一排完全看不清脸，只看得见她们手里的横幅和海报。

都是闻烬的脸，闻烬的名字。

蒋婉可以想象，闻烬以前一定特别火。不然也不会在退役一年后，还有这么多狂热的粉丝。

十五分钟后，游戏结束，驴打滚他们输了，却还是笑着下来。

"赢了还是输了？"蒋婉问铜锣烧。

"输了。"

铜锣烧说完，微感诧异地看向她："姐姐你看不懂？那待会儿阿烬上去的时候，你能分清楚哪个是他吗？"

"分不清。"

铜锣烧：……

蒋婉小声问："他待会儿用哪个英雄啊？我先查一下，等一下对号入座就应该能认出来了。"

"这得问他了。"铜锣烧小声回，"你怎么不问他？"

蒋婉有些心虚："我怕他不高兴。"

"你放心吧，我就没见他高兴过。"

一句话说得蒋婉更心疼了。

近十点半，热身场结束，开始进入正式比赛。

闻烬他们是第一组。

闻烬站起来的时候，全场的尖叫声达到了顶峰。

"打野，你知道吧，就……你注意看 ID，闻烬的 ID 就是他的名字，你到时候……"铜锣烧语速极快地给蒋婉科普，"你就盯着他的名字，就知道哪个英雄是他了。"

"好，加油！"蒋婉冲他说完，又看向闻烬。

他身形挺拔地立在那儿，肩宽腿长，脊背笔直，一身纯白运动服，唯有脸上罩着一只黑色口罩，遮住大半张脸。

整张脸写着两个大字：冷漠。

"闻烬！"身后是粉丝的尖叫声，"闻烬！我爱你！"

蒋婉刚好冲闻烬道了声"加油"，被尖叫声给盖了过去。

闻烬只看见她嘴唇动了动，却没听清她说了什么。

他摘掉口罩，转头冲身后"嘘"了一声。

全场安静下来。

只见他手臂撑在蒋婉椅子两侧，微微压低脊背，低头凑到蒋婉脸前，用他那低沉的嗓音问："你刚刚说什么？"

他靠得太近了，蒋婉抬头只看得见他那利落的下颌线和凸起的喉结。

她莫名脸上一热，心口怦怦直跳。

"加油。"她又说了一遍。

闻烬点头，喉口溢出低哑的气音："嗯。"

铜锣烧几人已经走了，闻烬走在最后面，通身的白色。

他个头极高，在铜锣烧几人中非常显眼，走上舞台的那一瞬间，全场的灯光似乎全打在他一人身上。

闻烬抬头看了眼摄像头，被屏幕捕捉到线条分明的轮廓，他的瞳仁漆黑，表情淡漠极了。

那一刻，蒋婉心里忽然涌起一股酸涩。

他一个人走过很多路，打过很多年的比赛，赢过很多奖项，得到很多粉丝的喜爱和追捧。

可他却从没有高兴过。

底下的粉丝还在尖叫着喊"烬哥""火哥""阿烬"等。

蒋婉站起来跟着大声喊："闻烬！"

闻烬已经坐在电脑跟前，听到她的声音，抬头看了过来。

蒋婉双手放在嘴巴两边，用尽全身力气喊："加——油！我会一直陪着你！"

闻烬定定看了她片刻，目光重新移到电脑屏幕上，摄像头环顾在他头顶，照出他的脸。

过长的额发盖住眉眼，只看得见痕迹极深的卧蚕，他的鼻梁挺直，薄唇抿着，脸上没什么表情。

但他操纵着鼠标用了一张改名卡。

删掉了"闻烬"两个字。

修长的指节落在键盘上，敲了几下。

改名卡使用成功，他的 ID 从"闻烬"两字变成了"婉婉"。

他用自己的方式告诉蒋婉——他也会一直陪着她。

台下的粉丝尖叫起来：

"啊啊啊啊烬！我哭了！你用了七年的 ID 说改就改了！"

"我被虐到了！呜呜呜！婉婉好幸福！我也想当婉婉！"

"哭了哭了！阿烬长大了，甜起来这么要人命！呜呜呜！"

"加油！烬哥！一定要幸福啊！"

"我们注意到，AY 战队的明星队员闻烬改了 ID，改叫'婉婉'。"

台上的男主持开始聊起闻烬："前段时间我也看了直播，但是很不凑巧，没赶上，那段直播恰好被掐掉了，咳咳。"

"哈哈哈！'女主持人笑了起来，"你咳咳什么？"

男主持也笑："大家都懂，我就不说了哈哈哈，现在看来，闻烬和他的女朋友很相爱，用了七年的 ID 说换就换了。"

"好感动啊。"女主持人捧脸，"烬哥在圈内一直都是生人勿近的那种人，特别高冷，我也是他的颜粉哈哈，完全想不到他会有女朋友，所以当时听到消息时都震惊了很久呢。"

"是吗？我也是，哈哈。"男主持人说完，看了眼屏幕，"好了，言归正传，两边战队都已经做好准备了，我们看看这一场比赛，到底会是哪一方赢呢？"

蒋婉一开始还没看明白闻烬在做什么，直到听到粉丝的尖叫声，又听到主持人那番话，才意识到闻烬把自己用了七年的游戏 ID 换成了她的名字。

她内心震撼到了极点。酸涩，感动，欣喜，诸多情绪一时间像潮水一样淹没了她。她捂住嘴，想笑，更想哭。

又觉得哭出来好丢脸，硬生生忍住了。

台上双方已经开始进入匹配模式，先禁英雄，随后是选英雄。

四个大屏幕，左右两面显示屏显示的是游戏界面，右下角是广角摄像头，可以看清两边队伍，左下角的屏幕一直是闻烬的脸。

摄像头对准了闻烬，全程没移过镜头。

担心蒋婉看不懂，驴打滚几人坐了过来，充当解说给她讲解："刚刚我们热身场打的单线，就是一条路，把水晶推了就赢了，但如果对方推了我们的水晶，那就是我们输了，其实说白了就是推塔游戏，但是你推塔之前，要把敌人给消灭。"

蒋婉点点头："这个我懂。"

她就是分不清英雄人物，每次他们聚在一起打的时候，她根本看不懂上面显示的"Kill（击杀）"是什么意思，也根本不知道是谁杀了谁。

她只是全程看着闻烬那张脸，唇角忍不住一直翘着。

"阿烬刚刚完成一杀，你看到了吗？"驴打滚问，"好帅，阿烬打游戏的时候是真的帅，操作时更帅。"

蒋婉点头："嗯。"

他确实很帅，不管是打游戏还是做别的，总会不自觉就吸引别人的视线。

"漂亮！闻烬这一系列操作太漂亮了！"男主持人情绪激昂地赞叹，"对面意识不差，只可惜遇到了闻烬，他反应太快了，而且预判位置特别准……"

"阿烬刚刚四杀！"驴打滚几人吹口哨为他欢呼。

蒋婉拿出手机对着台上的闻烬拍了一张照片，隔着距离，照片有些模糊，上面看不清他的脸，但那身白色分外惹眼。

游戏结束。

闻烬赢了，总杀敌人头数四十，闻烬一个人拿了二十八个人头，一共死了两次，助攻还有八个。

他摘掉耳麦，面无表情地起身，隔着遥远距离，看向蒋婉。

蒋婉手里举着一个荧光牌，上面写着"闻烬"两个字，是驴打滚从身后粉丝那儿拿来给她的。

"赢啦！"她笑着冲他挥舞着荧光牌，笑得眼睛都弯了起来，"我们赢啦！"

大屏幕上映出闻烬的脸。

他薄唇微微勾起一个浅浅的弧度。

全场安静了几秒，猛地爆出刺耳的尖叫声。

"笑了笑了！我烬哥笑了！"

"啊啊啊有生之年居然看见我烬哥笑了！"

铜锣烧几人听到粉丝的尖叫声，回头全都见了鬼似的盯着闻烬的脸看，下一秒一窝蜂冲上去想抱住他。

结果就见闻烬皱眉推开他们，长腿几步走到蒋婉跟前，伸出长臂将她揽进怀里。

他将下巴搭在她肩颈的位置，出口的嗓音低沉有质感，异常好听。

"嗯，我们赢了。"

全场粉丝再次沸腾尖叫。

"啊啊啊疯了疯了！"

"哭了哭了这绝美的爱情！我明明是来看烬哥打游戏的！结果吃了一肚子狗粮！"

"阿烬！要幸福啊！我命令你们一定要幸福啊！"

蒋婉被搂得满面羞红，却不愿意推开他，她贴靠在他怀里，在粉丝的尖叫声中，冲闻烬轻声说："好多人在看我们……回去再抱吧。"

闻烬点头，呼吸很烫："婉婉，我想亲你。"

蒋婉："不行，回去再说。"

"哦。"

蒋婉把闻烬拉坐在位置上。

台上的主持人开始抽奖活动。

抽奖活动结束后就是中场休息，下午还有其他战队的比赛。

闻烬牵着蒋婉出来时，又被粉丝一窝蜂包围了，几个队员把他们护着往外走，闻烬戴着口罩，长臂把蒋婉揽在怀里。

粉丝们又羡慕又嫉妒，举着牌子冲他喊，祝他幸福。

出了门口，外面还有更多粉丝，有些高喊从外地赶来，坐飞机整整四个小时，在门外又等了三个多小时，就为了见他一面。

蒋婉拉了拉闻烬，踮起脚，小声靠在他耳边说："跟她们说一声谢谢，然后请她们一起吃饭，喝点儿东西吧。"

闻烬停了下来，看着面前的粉丝说："婉婉让我跟你们说一声谢谢，她让我请你们吃饭，喝东西。"

蒋婉：……

所以到底是哪个环节出了错。

粉丝们惊喜地看着闻烬："真的吗？真的吗？！"

闻烬点头："真的。"

一行人直接坐车去入住的酒店，楼下大厅很大，应该能盛得下这么多粉丝。

上车前，蒋婉看见了闻烬的爸妈，他们从粉丝包围圈里转身走了，两个人年纪大了，背影透着几分寥落。

她看向闻烬："你看见了吗？"

闻烬看着他们离开的方向点头："嗯。"

她握住他的手，问："难过吗？"

闻烬面上没什么表情："不知道。"

蒋婉忍不住心口一酸，碍于边上都是队员，她没有抱住他，只牵着他的手放在唇边，亲了亲他的手背。

闻烬也将她的手放在唇边吻了吻。

"你们俩够了！"铜锣烧转头刚想说什么，就看见闻烬在亲蒋婉的手，他十分无语又十分艳羡，"马上就到酒店了，就这几分钟也憋不住吗？"

他们坐的中型客车，八个队员都在车上，几人正兴奋地讨论刚刚闻烬比赛时的那一幕。

听到铜锣烧的话，大家全都看向闻烬。

闻烬认真地说："我答应她，比赛完回来再……"

蒋婉伸手捂住闻烬的嘴巴，一张脸红得彻底。

蒋婉深吸一口气，抬起潮红的脸问铜锣烧："还有多久到？"

铜锣烧看了眼外面，还剩几分钟，他转头冲蒋婉说："快了，再忍忍。"

闻烬看向蒋婉，还没来得及说话就又被她捂住嘴巴，她羞赧地瞪他："你别说话。"

闻烬不吭声了。

下了车，蒋婉头也不回地往房间里跑，房卡在闻烬那儿，她跑到门口，就捂住脸趴在房门上。

闻烬从后面圈住她："不用忍了，我们已经到了。"

蒋婉通红着脸瞪着他："你给我走开！"

她从闻烬口袋里拿出房卡刷了卡进去，掀开被子就扑进去。

闻烬也跟着进去。

没多久，蒋婉听见洗手间传来水声，她诧异地走到洗手间门口，打开门一看。

闻烬正在洗澡。

"你洗什么澡！我们要下去吃饭！"蒋婉整张脸爆红。

闻烬湿漉漉地走出来，低头吻住她，嗓音透着哑意："不去了。"

"不行！下面很多粉丝在等。"

蒋婉话没说完，被闻烬再次吻住，他的声音沙哑含糊："铜锣烧会安排好。"

"可是……"她还要再说什么，却被他堵住了唇。

闻烬吻得汹涌又迫切。

在台上看见她举着牌子冲他笑得那样开心时，他就想这样用力地吻她。

那是他不曾体会过的情绪。直至现在，他都不明白，那是什么。

蒋婉感受到闻烬由内而外爆发出来的情绪，汹涌的，热烈的，几乎要将人吞噬。

她主动吻住他："我会……一直陪着你……"

闻烬顿了顿，低头在她额头上印下一个吻。

"闻烬……"她喊他的名字。

他低头吻她的眼睛，嗓音含糊："嗯。"

"我不是……对你有……"她说话的声音带着颤，"我是……喜欢你……"

她眼角尽是泪，一字一句，极其认真地告诉他。

"很喜欢，很喜欢你。"

他低头吻住她，声音在唇齿间沙哑含糊。

"我知道。"

闻烬下楼，给每位粉丝都买了饮料，还附送一句毫无感情的谢谢，场面又认真又搞笑。

粉丝们一边抓住机会跟他合影，一边笑着问他手腕上的指甲印是谁抓的。

闻烬低头看了眼，摇摇头："不能说，她会生气。"

一句话让一群"妈妈粉"们笑出了声。

下午还有四个小时的比赛，最后主办方会给参与比赛的每一支队伍颁发活动参与奖。

闻烬下午没去。

蒋婉两点半睡醒之后，起来吃了点儿东西，换了衣服，就被闻烬带着去参观大学校园去了。

"再给你一次机会重新选择的话，你会读大学吗？"蒋婉走在学校的林荫小路里，手里拿着一支雪糕，边吃边问他。

闻烬手里拿着一瓶水，脑袋上罩着一顶帽子，帽檐下的额发很长，盖住了眉毛，只露出一双点漆似的眼睛。

他微抬下巴，看了眼前方："不会。"

蒋婉抬头看了眼湖面，校园的环境很好，地面干净整洁，绿树成荫，从湖面吹来的风都带着夏日的凉爽气息。

"很奇怪。"她走到柳树下，轻轻抚摸一根柳条，"一直以来，我非常憧憬大学，做梦都想到大学看一看。"

"大概就真的是执念吧。"她松开手里的柳条，笑着转身，"我现在看完了，心里变得特别轻松，好像完成了一件了不得的大事。"

"你想上大学？"闻烬问。

"不想。"蒋婉把吃完的雪糕棍丢进垃圾桶里，拿湿纸巾擦了擦手，"虽然有些遗憾，但我现在已经很好了，如果我读大学，可能会遇到另一段不一样的人生，或许会遇到……很差劲的男朋友，或许会跟朋友闹矛盾吵架，或许一个劲低头念书，到毕业都找不到男朋友，出了学校就是打工一族，每天都活在巨大的压力之下……"

她笑着看向闻烬，目光柔柔的："还有，如果读大学，我肯定遇不到你。"

闻烬摇摇头："如果你毕业出来做家政，还是有机会遇到我的。"

蒋婉：……

好想打死他。

两人出了学校，闻烬准备带她去下一所学校。

蒋婉却拉着他的手说："不去了，我们随便转转。"

两人就手牵手沿着马路逛了起来。

"闻烬，你想要什么？我给你买。"蒋婉指着一家运动店门口的模特脑袋上的帽子说，"那顶帽子好看，你喜不喜欢？"

'买东西，应该是我买给你。"闻烬指着帽子问她，"你喜欢吗？我买给你。"

蒋婉看了一眼那款男士帽子，摇了摇头："不喜欢。"

她抓着闻烬的手，把他拉进店里，找店员拿了顶帽子，亲自戴在闻烬脑袋上："买东西，不应该分谁来买。"

她拉着闻烬站到镜子面前，觉得这个颜色不错，又拿了一顶帽子来试："我想给你买东西，想让你开心。"

"你收下我买的东西，我也会开心。"她一次性拿了三顶帽子递给店员，让店员包起来，随后冲闻烬道，"这才是买东西的乐趣。"

闻烬若有所思地点头。

从店里出来，蒋婉问："你还想要别的帽子吗？我给你买。"

闻烬摇头："我不想要帽子。"

他认真地说："我想要套子。"

蒋婉：……

CHAPTER 06

我 不 会 再 让
任 何 人 伤 害 你

Watch

　　回程的飞机上，换蒋婉睡得很沉。

　　她昨晚被折腾到很晚，闻烬把她买的"礼物"全都拆了摆在床头，还告诉她："我很喜欢你送的礼物。"

　　蒋婉：……

　　"喜欢"这个词不是这么用的！

　　两人下了飞机，直接回家。

　　蒋婉一回来就开始大扫除，先打扫闻烬的房间，把他的电竞舱擦拭得一尘不染之后，才开始打扫客厅。

　　闻烬在洗澡，他一出汗就要洗澡。

　　蒋婉先拖地板，随后洗了抹布过来擦桌子，擦完茶几，又去擦阳台。

　　手机就是这个时候响起来的。

　　她把抹布放下，洗完手，拿起手机看了眼，是个陌生来电，没有备注。

她狐疑地接听："喂，你好？"

"喂……"电话那头传来一个中年男人的声音，"是婉婉吗？"

蒋婉听出对面的声音，猛地把手机挂断。

闻烬从洗手间出来，看到她一张脸变了色，问了句："你怎么了？"

蒋婉摇摇头："没事。"

手机再次响了起来，她低头看了一眼，按下了关机键。

闻烬走了过来，他身上穿着纯白的T恤，底下是七分裤，露出一截结实的小腿。刚洗完澡，头发还在滴水，他搭了条毛巾在脑袋上。

他低头从她手里拿过手机，按了开机键。

蒋婉垂着眼睫，声音很轻："是我爸。"

她接过他快要掉下来的毛巾，手指捏着毛巾，用力到骨节有些发白。

"我以前坐过牢。"

快过去十年了，她第一次在人前完整地将过去这段不堪讲出来。

"他们为了钱，让我来承担别人的事……让我去坐了牢。"

蒋婉说到这儿，满脸都是泪："在那九年里，家里没有一个人来看过我……我出来的时候就告诉自己，从此以后，我跟他们没有任何关系。"

手机开机，电话再次打来。

闻烬滑动接听。

"蒋婉你有能耐了是吧？听到我声音还把电话挂了，什么意思？出了名了，不认我了？我告诉你，你可是我跟你妈辛辛苦苦养大的，供你念书又花了不少钱，你现在出名了，有钱了，都上电视了，是不是该回报我们？要不是你弟跟我说看直播看到你，我都不知道你现在这么火，怎么？出来也不跟我们说一声，是准备做白眼狼，翻脸不认人了是吗？"

蒋婉想到昨天跟闻烬去上海参加的那场比赛，大概是最后被直播的摄像头拍到了脸，所以被他们看到了。

闻烬冲电话那头道："怎么回报？"

电话那头顿了一下："你谁？蒋婉呢？"

"怎么回报？"闻烬又问了一遍。

"你到底是谁？"蒋宽旺问。

"想好要什么，再打电话过来。"闻烬把电话挂了。

蒋婉不明所以地看着他："你要做什么？"

电话又响了，闻烬等了一会儿，才滑动接听。

蒋宽旺直截了当地说："我要三百万。"

蒋婉气得冲电话大吼："你做梦！"

闻烬却是对着电话说："好，地址发过来。"

蒋婉去拉他的手臂，眼泪簌簌往下落，声音哽咽："你不要给他们钱，我不欠他们的，你不要去……"

她哭得无助又委屈，就像当年被送到监狱那一刻一样。

没人伸手拉她一把，没人跑过来抱住她，也没人跟她说"没事了我们回家"，她只能一个人缩在角落那里哭得上气不接下气。

闻烬揽住她，声音很低。

"我不会再让任何人伤害你，不管是身体上还是精神上。"

下午四点，闻烬提着两只纯白的背包，打车去了蒋宽旺发来的地址。

蒋宽旺他们就在本地，离闻烬只有半小时不到的车程。

闻烬在路口下车，随后看见一个中年男人蹲在路边抽烟，离垃圾桶就隔着不到一米的距离，他穿着灰扑扑的工装，满脸都是黑灰。

闻烬盯着他看。

那男人盯着他手里的包看。

只一眼，他就确定那人是蒋婉的父亲——蒋宽旺。

闻烬把两只包丢在地上，隔着距离冲他说："九年，你没去看过婉婉一次，现在，打给她的第一通电话就是问她要钱。"

蒋宽旺一直盯着他丢在地上的包，嘴里无所谓道："九年也就一眨眼时间，她现在不是出来了吗，而且现在混这么好，做主播，又是你女朋友，是吧？听说你们一直同居，我女儿养这么大，和你在一起那么久，问你收点儿钱也不算什么吧。"

闻烬面无表情地看着他。

蒋宽旺被他那双眼看得发毛，忍不住走过来问："钱带来没？"

闻烬垂眸看了眼脚下。

蒋宽旺看着那鼓鼓的包，咽了咽口水："我先看看。"

"我想知道，你们当年为了多少钱？"闻烬声音大了些。

"没多少，二十来万。"蒋宽旺走近一步，弯腰想去捡地上那包，"蒋婉太不懂事，家里那时候缺钱，我没法子了，才让她去的。"

他满脸贪婪的笑容，将拉链拉开，看见里面装满了一沓又一沓的现金。

"你后悔吗？"身后是闻烬的声音，没什么情绪。

"后悔什么，有什么好后悔的。"蒋宽旺满心满眼都是眼前的钱，一挥手招呼藏在暗处的儿子和老婆出来，"涛儿！孩子他妈！过来啊！真的是钱！"

老婆和儿子也都奔了出来。

闻烬看着他们一家子人围着包疯了似的叫了起来，他面无表情地把另一只包的袋子打开，一抬手，将包扔到马路中央，一沓又一沓钱落在外面。

蒋宽旺骂了他一句，扑到路中央去捡钱。

耳旁有警笛声呼啸而来，他被人拉起来时，还红着眼去捡钱，直到他看见对方身上的警察制服，这才傻了眼。

"你们凭什么抓我？！"

闻烬将手里录了音的手机递到警察手里，冲对方道："这里有录音作证，希望你们尽快搜集好相关证据。"

"麻烦你也跟我们去一趟警局录口供。"警察冲他说。

"好。"

他回头看了眼被抓进警车里的蒋宽旺几人，淡漠地跟在警察身后，朝一辆警车走去。

蒋宽旺隔着窗户在车子里指着他大骂："你骗我！你居然骗我！你们放了我！他骗我！我根本不知道发生什么事了！你们凭什么抓我！"

他老婆和儿子吓得眼泪直掉，不停地求警察放了他们，警察一声吼："都给我安静点儿！"

车厢这才安静下来。

闻烬打了电话给律师，当初加入 AY 战队时，他有请私人律师替他保管合同以及收入。

直至现在，律师依旧为他服务。

他几句话将事情经过转述给律师，并让他此刻赶到警局处理后续。

律师问：'你想要什么样的结果？"

闻烬看向窗外，黑云压了下来，有雨滴往下落。

他想起蒋婉脸上的泪。

温度是热的，味道是咸的。

他虽然不能体会她的那些情绪。

但他知道，她是痛苦的、委屈的。

他对着电话开口，声音淡漠。

"坐牢。

"让他们坐牢。"

蒋婉赶到警局的时候，只见警局吵吵嚷嚷，到处都是号哭声。

要不是接到警局打来的电话，她都不知道闻烬把蒋宽旺几人全送进了警局。

坐车来的路上，她一直在担心。

他说话那样直白，会不会被误解，会不会被诬陷，会不会被人打。

蒋婉刚进去就在门口碰到铜锣烧，他冲她打招呼："来了？"

"嗯。"蒋婉紧张地问，"闻烬呢？"

"你放心吧，律师都在呢。"铜锣烧轻轻呼出一口气，"吓死我了，要不是律师刚好在我们那儿，我都不知道阿烬这么猛。"

谁都没想到，平日里淡漠寡言、只顾低头打游戏的人，会突然做这么大一件事：诱导勒索者现身，将钱送去的同时报了警，并且拿到了至关重要的录音证据。

不仅没有损失，还能给他们直接定罪。

"他有没有被打？"蒋婉拉着铜锣烧问。

铜锣烧诧异地张嘴："他不打别人就好了，为什么会被打？"

蒋婉松了口气："那就好。"

从进去录口供到出来，她只在另一间审讯室透过门的空隙看见闻烬——他一身纯白运动服，坐在椅子上，背对着她，面前是警察。

她只看得见他挺直的脊背。

门被关上之前，她听见他低低的嗓音："她是我未来的妻子，我不希望她再受到任何伤害。"

她怔怔站在门口，有警察走进去，把门关上，隔绝了一切声音。

有警察过来，带她去了另一间审讯室。

面前是一男一女两个警察，表情十分肃穆，蒋婉不由自主地坐直身体，严肃起来。

女警察看着她说："接下来我们问的问题，希望你认真严肃地回答，如果有半句假话，法律将严惩不贷。"

"好。"

半小时后，她被警察带出来，还没走出去，就见一个女人抱着号啕大哭的孩子扑了过来："你就是蒋婉吧？！你有病啊！你连你亲弟弟都告！我的孩子怎么办？！他还不到一岁！"

她说着把孩子猛地丢到蒋婉怀里："反正是你们家的种，我一个人也养不起，他要坐牢，我不可能耗在那儿等他出来……你要么把你弟放出来，要么就把这孩子带去养！"

"哎——"蒋婉一句话都来不及说，那女人就已经转身跑了。

她抱着孩子追出去，那女人已经上了车，转眼没了影子。

怀里的孩子哭得一张脸都紫了，蒋婉边抱着轻声哄，边找警察问情况："刚刚那人……"

一个女警察说："是蒋涛的老婆，你的弟媳妇，在这闹了半小时了，听说你是蒋涛姐姐，就找来了，小孩哭那么久都不哄，我同事让她喂奶她也不喂，真狠心……"

蒋涛的孩子。

蒋婉低头看了眼，孩子哭得嗓子都哑了，嘴巴大张着，下面才冒出两颗牙。

她问警察要了杯水，喂孩子喝了点，随后抱着孩子坐在椅子上，铜锣烧进来时见她怀里抱着孩子，便坐在她边上问了起来。

闻烬就在这时候从审讯室里出来。

一抬头，看见蒋婉和铜锣烧两人坐在一起，怀里还抱着孩子。

他看了片刻，回头问律师："我进去多久了？"

律师：……

十五分钟后，闻烬蹙眉站在婴儿用品店里，指着上面的瓶瓶罐罐说："要奶粉，小孩喝的。"

"多大小孩？"导购热情地问。

"大概这么大。"闻烬伸手比画了一下。

导购：……

"帅哥，别开玩笑了，小孩几个月了？"她笑着问。

闻烬蹙眉："孩子不是我的，不知道几个月。"

导购的表情瞬间变得充满怜爱与同情。

天哪，长这么帅，居然是接盘侠，帮别人养孩子。

"不会走路是不是？"导购说，"那就是没有一岁，买 1 段奶粉就行，1 段的话我推荐你这款奶粉，各种维生素营养最全面最丰富，也是我们店里卖得最好的……"

闻烬像去超市扫东西一样将奶粉"哗啦"一下全扫进怀里，

抱着去了收银台，又回来将货架上的拿下来准备抱去。

"等一下，我们有装箱的，可以给你拿一整箱。"导购笑着说，"帅哥，你可以加我微信，以后奶粉喝完了，我们可以送货上门。"

闻烬掏出钱夹："不用，就养几天。"

导购：……

还没回去，接到蒋婉电话，要他买奶瓶、尿不湿，再买几件儿童衣服。

他又转身看向导购："要奶瓶尿不湿，还有衣服。"

不等导购问尺码，他抬手像比画西瓜一样又比画了一遍："还是这么大的小孩。"

导购：……

闻烬买完东西回家，蒋婉正抱着孩子坐在沙发上，小孩估计哭累了，趴在她怀里睡得很香。

听见开门声，她回头冲闻烬"嘘"了一声，让他动静轻点，随后小声说："奶粉拿出来，我先弄给他喝。"

闻烬转身把一箱奶粉抱了进来。

蒋婉讶异地看着他："怎么买这么多？"

她托警察帮忙找蒋涛的老婆胡畅宜，找到了就把孩子送回去，也就这两天的事，根本不需要这么多奶粉。

"我查了一下，小孩特别能吃。"闻烬说完又从身后拖出一箱子尿不湿，一脸认真地说，"还特别能拉。"

蒋婉：……

两人坐在沙发上一起研究奶粉罐后面的说明——冲奶粉的方法，冲奶粉的温度，冲奶粉的剂量。

等奶粉冲好，蒋婉赶紧把奶瓶瓶嘴塞进孩子嘴巴里。

小孩虽然睡着了，却是自发地开始吮了起来，两腮一鼓一鼓的。

蒋婉看得忍不住笑了，轻轻地用食指将他漏到下巴的奶汁给擦掉。

这孩子应该四五个月大，手和脚都小小的。喝奶的时候，两只小手自发地伸出来托着奶瓶，小小的手指细细的，非常可爱。

蒋婉伸出食指塞进他的手里，觉得好玩，转头冲闻烬说："你看，好小啊。"

闻烬面无表情地看了眼："嗯。"

蒋婉：……

她收起脸上的笑，冲他说："找到胡畅宜就送回去。"

闻烬点头："我知道。"

蒋婉抿了抿唇："你好像不开心？"

她伸出食指戳了戳他的胳膊，小声问："怎么了？"

"你骗我。"闻烬看着她，指了指她怀里的孩子。

"你喜欢小孩。"

蒋婉：……

晚上九点多，蒋婉接到警察局打来的电话，说胡畅宜已经跑没影了，去她家里找过，没人，孩子是彻底不要了。

蒋婉沉默了片刻，听警局的人说："你如果不想养，可以送到儿童福利院，我们这边会给你开个证明。"

"好，谢谢。"

挂了电话后，她看着睡在床上的孩子发了一会儿呆。

孩子很乖，基本吃完玩一会儿就睡，大概傍晚的时候哭伤了，嗓子有点哑，蒋婉想带他去看医生，可又不知道孩子叫什么，万一被当成拐卖孩子的又添麻烦，只能隔一会儿喂点水喝，等第二天看看情况。

没一会儿，孩子大概做梦了，忽然哭了起来。

蒋婉赶紧抱起来轻声哄了哄："抱抱，不哭哦！抱抱，不哭哦！"

她抱起来转了几圈，孩子攥着手指窝在她怀里，嗓子哭得很哑很可怜，没一会儿，又睡着了。

蒋婉摸了摸尿不湿，有尿，已经沉甸甸的了。

给他换了尿不湿，看了一眼手机，又快到喝奶粉的时间了。

蒋婉刚从房间出来，就见客厅灯亮着，闻烬已经站在厨房，手里拿着奶瓶，正在冲奶粉。

他虽然不喜欢孩子。

但蒋婉知道，如果他以后有孩子，他会是很尽责的父亲。

她几步走过去，从身后环住他的腰："闻烬。"

"嗯。"他仔细地确认水量，试好温度后，一勺又一勺地往奶瓶里加奶粉。

"刚刚警局打电话跟我说……"蒋婉实在不知道该怎么开口，"胡畅宜跑了，她不要这孩子了，我……"

闻烬转过身，面无表情地问："你要养他？"

"不是。"蒋婉轻轻叹了口气，"我想等明天问问蒋涛，然后再把孩子送到该送的地方。"

"这不是你的错。"他认真地说。

"我知道。"蒋婉抱着他的腰，声音闷闷的，"可孩子是无辜的。"

毕竟这孩子是因为她，才失去爸妈的庇护，成了孤儿。

"你要知道，你才是最无辜的那个。"闻烬伸手抬起她的脸，轻轻地吻了吻她的唇。

蒋婉用力搂住他："闻烬，谢谢你，这样想，我心里好受多了。"

"晚上直播？"闻烬问。

蒋婉点头。

两天没直播，她今晚无论如何都得正常直播，不然要掉粉了。

闻烬将孩子带到自己房间，孩子对他不熟悉，刚抱起来一个劲地哭，他学蒋婉的样子抱着，可孩子还是哭。

他蹙眉问："怎么样你才不哭？"

孩子扯着嗓门号哭。

闻烬把他放床上也不行，抱怀里也不行，最后往电竞椅上一放，孩子觉得新奇竟然不哭了。

闻烬若有所思地点头："那就带你打一把。"

蒋婉正在斥羽毛轻扫麦克风，直播间里猛地爆出一群人在刷屏：

阿烬跟婉婉孩子都生了！

这才过去多久！我要疯了！

有一说一，何烬带着娃打游戏的样子真的笑死我了！

蒋婉：……

她手一抖，瓶盖子掉在地上。

她轻轻打开手机找到闻烬的直播间，点进去一看。

闻烬抱着孩子，单手操控鼠标在打游戏，边打边冲怀里的孩子说："刚刚三杀，看到了吗？"

蒋婉和闻烬两人一晚上都没睡好。

孩子夜里哭着要喝奶，闻烬起来冲奶粉，蒋婉负责喂奶。等过了一会儿，孩子又哭了，一看原来是拉了，两人又把孩子抱到洗手间清洗干净。

闻烬洗完孩子，身上出了汗，自己又去洗了一遍澡。

回来躺下没多久，孩子又尿了，又给他换了尿不湿。

折腾到三四点，两人都没了睡意。

小孩就躺在两人中央，蒋婉伸手握住闻烬的手放在脸边，轻声问他："你在想什么？"

闻烬手指捏了捏她的手："你呢？"

"我在想，我们小时候是有被好好疼爱过的。"蒋婉声音很轻，带着几分柔意，"只是太小了，没有记忆，所以长大就遗忘了。"

闻烬没说话。

他记忆中，陪在身边的除了月嫂就是保姆家政。

或许，像蒋婉说的那样，他在很小很小的时候，就像他身边的孩子这样，也曾得到过父母悉心的照料。

"你小时候肯定很好看……"蒋婉捏着他的手指，声音带着笑意，"然后你爸妈带你出去的时候，会跟周围的邻居夸，看我儿子多好看……"

她在给他编织一个虚假的梦。

闻烬没有打断她。

他在这段虚假的美梦里睡着了。

梦里，父亲将他架在肩膀上，母亲买了只黄色气球送到他手里，他会笑，笑起来眼睛亮亮的。

梦里没有青菜，没有实验室，没有那个安静到令人窒息的心理咨询室，也没有空荡的客厅和一望无际的黑暗。

他就坐在父亲肩头，看见远处一个小孩面无表情地被母亲从学校里拉出来。

那个小孩和他长得很像。

他不会哭不会笑，也不爱说话。

古怪的性子让他刚进幼儿园就和同学打架，母亲拉他出来时，他抬头看了过来。

目光对视的一瞬间，闻烬忽然就醒了。

蒋婉在外面做早饭，孩子就静静地睡在他身边。

他低头看了眼，孩子闭着眼，睫毛很长，脸上肉嘟嘟的，嘴巴张着。

没一会儿，孩子忽然呼吸急促起来，表情像是在哭，瘪着嘴哭了一会儿，又继续睡了。

"他在做梦。"蒋婉轻手轻脚进来，见闻烬盯着孩子看得愣怔，便轻声告诉他，"小孩也会做梦，梦见害怕的就会哭，梦见开心的就会笑。"

闻烬起床去洗手间洗澡。

他不知道昨晚的梦有没有让他笑出来。

只知道，他好像能体会到什么叫开心了。

两人吃完早饭，带着孩子和所有的奶粉尿不湿，去了警局，警察已经调查清楚，当年的事跟蒋婉没有任何关系，她是清白的。

蒋宽旺夫妇把蒋涛摘得干干净净，毕竟当时蒋涛只有十三岁。

只要来个人担保签字，蒋涛就能出去，但他老婆胡畅宜跑了，他能联系到的人不是推脱就是没时间，直到蒋婉过来，他都没能出去。

蒋婉找警察说了声"想跟蒋涛聊聊"，便把孩子放在闻烬怀里，进了审讯室，跟蒋涛面对面。

"姐……"蒋涛一看见她就哭了起来，"对不起姐，是爸妈做得不对，你把他们放出来吧……"

蒋婉递了纸巾过去："擦干净，我们好好说话。"

蒋涛这才惊觉，蒋婉变了。

九年的时间，让她从那个对他百般依顺的姐姐变成了一个陌生的女人。

以前的姐姐不论他犯下什么错，都会低眉顺眼地替他认错道歉，再帮他收拾烂摊子。他打坏的东西不计其数，家里爸妈宠着，怒气都发在姐姐身上，那时候她也只是低着头，任打任骂。和同学打架打输了，回来冲姐姐发脾气，她明知他蛮不讲理，却安抚地冲他说："是姐姐的错，是姐姐不好……"

她什么都依着他，什么好的都给他留着，从来不会像现在这样，用一双陌生的眼睛看着他。

"为什么，九年中，没有人来看过我？"蒋婉问。

午夜梦回，她总是在想，会不会家里出了事，会不会爸妈生病，会不会是弟弟病重，要不然，怎么会没有人来看过她呢。

可事实是，他们全家都好好的。

除了她。

她在日复一日的等待和失望中知道她被抛弃了。

对方用钱轻易地瓦解了他们之间的血缘关系。

而父母用钱轻易地割断了他们之间的感情和牵绊。

她花了九年时间，才得出这个结论。

此刻，就想问一句。

"为什么？"

"他们怕你说漏嘴……"蒋涛眼眶通红，"他们拿了钱就带着我去外地了，我们才回来……"

"你呢？"蒋婉看着他。

蒋涛答不上来。

蒋宽旺拿到钱的那一刻，就带着老婆和蒋涛去饭店吃了顿好的，还给蒋涛买了新衣服和新玩具，还说要给他买手机，接着他们就换了手机号，断绝了和所有亲戚的来往，连警察打过去的回访电话，都被他拒绝接听了，怕的就是事情败露。

没人想到蒋婉。

蒋涛在沉默中崩溃地哭了起来："对不起姐……对不起……"

蒋婉抬头看了眼上方，将眼底的热意逼了回去，她笑了笑，那笑隐隐透出几分嘲弄："我给你签字，你出去吧，自己的孩子自己养，我希望你以后不要像你父亲那样，虎毒不食子。蒋涛，这是我给你的忠告。"

她站起来，头也不回地走了。

蒋涛追出去，只看见闻烬抱着孩子走到蒋婉面前，两人低头看了眼孩子，嘴里说着什么，随后将孩子递到警察手里，蒋婉低头签字。

没一会儿，他们牵手离开，警察把孩子抱过来送到蒋涛手里。

他抱着孩子，小孩在他怀里号哭起来，他把脸埋在孩子脸上跟着一起哭了起来，他感到脸被什么东西扫到，他把孩子的包被掀开。

包被底下放着一沓现金。

他愣住，眼眶红得厉害。

一个警察走过来冲他说："门口有一箱奶粉和一箱尿不湿，还有一箱小孩的衣服，都是你姐给你的，你赶紧去弄走，放在门口占地方。"

蒋涛抱着孩子出来，警局门口放着好几个箱子，里面是奶粉、尿不湿和衣服。

蒋婉才接回去照顾一天，就为孩子买了那么多东西，还把他照顾得很好，反观他老婆，一听他犯事进了警局，连夜就跑了。

再联想父母，当初为了钱，二话不说就把姐姐送去受罪，整整九年，蒋婉却还能不计前嫌，不仅照顾他的孩子，还给他签字做担保放他出来。

蒋涛忽然抱着孩子跪在地上哭了起来。

"对不起……是我们错了……"

他哪儿来的脸让姐姐把爸妈放出来。

他怎么说得出口。

"去趟超市，我要买点肉。"蒋婉指着路口的一家大型超市，说完看了眼闻烬，"我自己一个人去。"

闻烬点头。

蒋婉临下车前，凑过来亲了亲他的脸："我自己打车回去，或者半小时后你再来接我。"

闻烬亲了亲她说："半小时后我来接你。"

蒋婉娇嗔着瞪了他一眼，笑着亲了他一口拿了钱包就下了车。

闻烬点头，满意了。

蒋婉走后，闻烬将车一路开到看守所。

登记完访客名单后，他朝警务人员说："你好，我想找一下魏纪元。"

短短几个月，魏纪元瘦得厉害，脸颊凹了进去，黑眼圈很重，整个人瘦了一圈，气色很差。

他穿着蓝色狱服，被警察带出来时，眼睛带着点亮意。

见到闻烬时，他眼底的光倏地灭了。

他不认识闻烬，但他猜测，或许是何映彤托他送东西或者带话的。

警察关门离开。

他在闻烬对面坐下："你好。"

闻烬面无表情地看着他："我很不好。"

魏纪元愣了一下："是何映彤叫你来的吗？"

"不是。"闻烬站起来。

"那是谁？"魏纪元见他走过来，不由自主地站起来，"谁叫你来的？"

闻烬不回答他的问题，只是告诉他："魏纪元，等你出来，我要揍你。"

魏纪元怒了："你是谁？你凭什么打我？！"

闻烬一拳砸在桌子上："如果不是在这儿，这一拳一定会打在你脸上。"

他说完这句话，转身就往外走。

魏纪元看着眼前带着些许血丝的桌子，几乎下意识间想到蒋婉，他重新看向闻烬。

由于门被关上，他只能看见对方白得发光的运动服。

男人身形挺拔，连鞋子都干净得一尘不染。

而他，再次被关进了铁笼子里。

就因为他喝多了酒，做了那件荒唐事。

"是我做错了！"他突然嘶吼出声，"是我做错了！蒋婉！是我做错了！我不该那样对你！"

如果不是那件事，他也不会落到现在这个田地。

失去工作，失去亲朋好友，甚至失去最爱他的何映彤。

他号哭起来："我错了……我真的知道错了……我知道错

了……放我出去吧……求求你们了……"

"你的手怎么受伤了？"蒋婉刚坐上车，就看见闻烬右手骨节处擦破了皮，往外渗出来的血珠已经干涸了，凝成一块红色。

"打到桌子了。"闻烬把车开到路上。

蒋婉翻袋子找湿纸巾想给他擦擦，又担心他开车不方便，听到这话愣了一下："你好端端地打桌子干吗？"

"魏纪元。"

蒋婉怔住，偏头盯着他："你去找魏纪元？"

前方堵车，闻烬把车停下，微微偏头。

他看着她，点头说："是。"

蒋婉不知道该说什么，只是问："你怎么……你找他做什么？"

"告诉他，等他出来，我要揍他。"他表情十分认真，"他欺负你，我揍他，十分合理。"

蒋婉一时不知道该笑还是该感动。

"你不要怕。"他倾身过来，握住她的手，声音很低，带着低音炮的沙哑质感，"以后，我不会让任何人欺负你，也不会让你一个人偷偷地哭。"

"你要想哭。"他顿了顿，声音更低了，"只能在我怀里。"

蒋婉眼眶本来都红了，听到最后一句又笑了出来。

闻烬不会说情话。

唯独说过的几句情话都像至死不渝的承诺一样，在蒋婉心里漾起无尽的感动。

遭受至亲的抛弃，又遭遇九年牢狱之灾，她本已对生活不抱期待，对未来更是没有任何期望。她只想努力赚钱，买属于自己的房子，慢慢地创建自己的家，好让自己不再成为一个随时会被抛弃的人。

然后她就遇到了闻烬。

这个男人性子古怪，不能体会他人的喜怒哀乐，但他直白又坦诚。在她害怕、痛苦的那段时间，是他给了她十足的安全感。

也是他，一直陪伴着她。

一回到家，蒋婉把手里的菜一放下，转身搂住闻烬的腰，踮起脚吻住他的唇。

CHAPTER 07

是，我们
要结婚了

中午饭是下午三点吃的。

不是蒋婉做的，是闻烬买的。

四份纯肉的菜，四份荤素搭配的菜，还有一份美容养颜汤。

蒋婉起来吃饭时，两条腿都是酸的，闻烬似乎有着无穷的精力。

吃完饭，蒋婉回房间睡觉，闻烬也跟着爬上床，把她搂进怀里。

她浑身酸软无力，被他搂着，只哼了几声，就窝在他怀里睡着了。

闻烬低头看了她一眼，将她的头发拨到耳后，亲了亲她柔软的唇，随后闭上眼，把下巴搭在她头顶，一只手牢牢揽着她，就这么睡了。

这是他第一次睡午觉。

他从前睡过一次午觉，被梦魇住了。梦里一片漆黑，他在那片黑暗中不管怎么走，一直走不到尽头，醒来后，他就没再睡过午觉。

这次午觉，他也做了个梦。

却不是噩梦。

梦里蒋婉轻柔地在他耳边说话，笑容温婉地凑近，在他脸上亲了一下，随后柔柔搂住他的脖颈。

晚上五点多，蒋婉才睡醒，起来先把衣服洗了，收拾收拾准备做晚饭。

闻烬起来先去洗澡，洗完澡就进房间开直播打游戏。除了比赛，他很少在傍晚开直播，因此刚一上线，不少粉丝立马发弹幕问：

阿烬是不是带了一天孩子？所以这个时间才来开直播？

烬哥烬哥，我昨晚没看到孩子！哭了！我想看看你和婉婉的孩子！

我火哥就是猛！平时闷不吭声的，现在女朋友有了！孩子也有了！快说！你还有什么惊喜等着我！

别吵了，内部消息，烬哥已经结婚领证了，孩子不到半岁。

楼上谎报虚假消息！

还有不少粉丝注意到他骨节上的破皮，不停问他怎么回事，是不是跟人打架了。

闻烬一声不吭，直到蒋婉倒了杯果汁放在他手边，他才偏头看了一眼。

是不是婉婉来了！

婉婉！我烬哥是不是跟人打架了！

呜呜呜！阿烬一看到婉婉，眼神都不一样了！

CHAPTER 67

蒋婉放下杯子的那一刻，看见他破皮的手背，这才想起回来忘了给他消毒。她出去拿了药箱进来，用棉签蘸了点碘酊，随后轻轻擦拭在他骨节处。

闻烬停下不动，眼皮垂着看她。

蒋婉给他涂完碘酊，轻轻吹了吹，又拿了两只创可贴替他贴上。

弹幕上疯狂地在刷：

截屏截屏截屏！阿烬这一刻好温柔！

烬哥好温柔！呜呜呜呜！我对温柔的男人毫无抵抗力！

我就不一样了，我对又高又帅又冷又酷打游戏超棒私下里超温柔的男人毫无抵抗力！

呸！你们要点脸吧！

我只想知道，孩子去哪儿了……

蒋婉正要转身离开，目光一抬，看到密密麻麻的弹幕都在问孩子，忍不住出声解释："那是我弟弟家的孩子，不是我们的孩子。"

弹幕又炸了：

啊啊啊！嫂子！所以说你们什么时候生孩子！

弟弟家的孩子？你们已经见家长了？是不是下一步就要结婚了？

结婚！结婚！结婚！结婚！

记住 ID，截屏，让她全家看见。

救命啊不要这样！我祝阿烬和婉婉百年好合！早生贵子！

蒋婉看见这一幕，简直哭笑不得。

她拉了拉闻烬，很轻声地说："你跟她们解释一下啊。"

闻烬点点头，冲镜头说："是，我们要结婚了。"

蒋婉：……

晚上吃完饭，蒋婉正要去倒垃圾，见闻烬拿了车钥匙，便问："这么晚了你要去哪儿啊？"

"不是我，是我们。"闻烬纠正。

"我们？"蒋婉只拿了钥匙和垃圾袋跟上，快进电梯时才想起来，"去哪儿啊，我没带手机。"

闻烬拿上口罩，还递了一只给蒋婉，随后才道："去买戒指。"

蒋婉听得怔住，提醒他："闻烬，现在天黑了。"

他戴上口罩，一张脸只露出一双点漆似的眼睛，神色十分认真："我查了，珠宝店还在营业。"

蒋婉：……

这根本不是珠宝店营不营业的问题，是……天黑了！

蒋婉把垃圾倒掉，见闻烬开了车出来，这才坐进去，盯着自己脚上的拖鞋，有些小小的赧然："我还穿着拖鞋呢，会不会不太好？"

"为什么会不太好？"闻烬问。

蒋婉：……

"就是，去那种场合，应该穿得正式一点儿，像我这样有点太放松了……"其实她更想表达的是，自己有点自卑，没去过奢侈品店。

给何映彤买的奢侈品香水还是网购的。

"我们是去买戒指。"闻烬微微蹙着眉道，"不是去上班。"

蒋婉：……

百货大厦门口人来人往，旁边就是步行街，霓虹闪烁的路上，

除了高楼大厦就是汹涌人潮。

闻烬把车停在大厦车库，牵着蒋婉坐电梯到一楼。

"那里有打折的衣服！"刚走没两步，蒋婉就看见"打折促销"的字样，她脸上带笑，"闻烬！好便宜，一件五十，两件九十九！"

闻烬面上毫无波动："只便宜一块钱。"

"五十一件已经很便宜了！"蒋婉拉着他去店里，"去看看。"

蒋婉一直以为这种商场里的衣服都是几百块起步，没想到还有五十一件的，登时有些兴奋，拉着闻烬进去后，就撒手不管他，跑去挑衣服了。

等她挑好衣服回头时，就看见闻烬蹙着眉被一众女导购包围着：

"帅哥，看看这个。"

"帅哥喜欢哪件衣服？我拿给你？"

"帅哥你好帅啊，好像明星啊！"

"帅哥怎么不说话啊？"

蒋婉赶紧挤过去："抱歉，他跟我一起的。"

众导购看了眼闻烬，又看了眼蒋婉，有些悻悻地转身招呼其他顾客了。

蒋婉把闻烬拉到一边，这才把手上的衣服往他面前比了比："这件怎么样？"

那是一套情侣装，黄白相间，中间是粉色心跳。

"你一件，我一件。"蒋婉冲他笑，"两件九十九。"

闻烬不明白她买件衣服为什么会这么开心，但是见她脸上带笑，他也只是安静地注视着她。

蒋婉说完，像是想起什么似的问："你会不会觉得太便宜？"

闻烬摇摇头。

他加入战队后就是明星队员，有专门的品牌跟他合作，他也一直穿着品牌商提供的衣服。他对衣服没什么概念，只要求纯白，甚至不需要什么款式，也不会过问衣服的价格。

最后，蒋婉提了四个袋子出来，她买了三套情侣装，还买了条牛仔裤。

闻烬带着她进珠宝店时，蒋婉还沉浸在买衣服的喜悦当中。

导购一开始看到蒋婉穿着拖鞋进来，手里还提着几个一看就不是什么高档品的包装袋，心里就认定蒋婉是穷人，所以见她要看戒指，也只是拿出来给她看，懒得介绍。

蒋婉最怕的就是买东西的时候导购紧跟在身边絮絮叨叨地介绍，那种场面会让她十分尴尬，幸好面前的导购不爱讲话。

她看了几款女戒，又看了几款对戒。

闻烬在另一边，招待他的导购很热情，一张脸笑成了花。

他总是这样受欢迎，即便戴着口罩，对方甚至不知道他长什么样，但仅仅是露出来的那双眼睛，就足以吸引一群女性对他犯花痴。

他大概看上了一款，微微偏头冲蒋婉道："过来试试。"

蒋婉走过去，闻烬手里拿着戒指往她无名指上戴，是一颗钻戒，钻很大，闪得人眼花缭乱，尺寸刚好合适。

"喜欢吗？"他问。

蒋婉点头，她对首饰不挑，觉得每个款式都好看。

"那就这一对。"闻烬指着桌上还剩下的那只男戒。

蒋婉把手里的袋子放下，将那只男戒拿起来，替他戴上，看见尺寸正好，这才问导购："这对戒指多少钱？"

导购将价格标签给她展示了一下："女戒贵一点，因为是钻戒，而且这个钻……"

"这么贵？"蒋婉看到价格被吓了一跳，她扯了扯闻烬的袖子，小声说，"太贵了，我们买便宜的就好，不要这么贵。"

"就要这个。"闻烬拿出卡递给导购，"付钱。"

"为什么？"蒋婉小声问。

闻烬看着她，表情认真地道："因为你喜欢。"

那是因为不知道价格啊！

知道她肯定不敢喜欢啊！

她赶紧指着之前看过的一款戒指说："那个我也喜欢啊。"

最主要是便宜，不到一万块。

哪知闻烬听到后，冲导购说："那只也要了。"

蒋婉：……

谁买戒指一次性买两只啊！

她瞪大眼睛看着闻烬，就见男人拿着卡问她："还有其他喜欢的戒指吗？"

蒋婉：……

买完戒指，闻烬又带着蒋婉挑了项链和手链。

蒋婉根本不戴首饰，硬是被他挑着买了三条项链和一条手链，还有两副耳钉。

付完钱出来后，整个珠宝店的导购全体出动，非常热情地把他们送到门口。之前招待蒋婉的那个导购，更是殷勤地替蒋婉拎着那几个打折品的包装袋。

回到家以后，蒋婉把东西放下就冲闻烬道："今天花了你好多钱，我们平摊吧。"

她没带手机也没带卡，今天买的戒指项链，包括那几套情侣装，都是花的闻烬的钱。

闻烬换完鞋就进了房间，没一会儿出来，手里拿了一张银行卡。

他坐在沙发上，把银行卡放在茶几上，朝蒋婉的方向推过去："这是我的银行卡，以后这张卡就是你的。"

"为什么？"蒋婉愣住。

"结婚以后，我的钱全部都是你的。"闻烬认真地道，"我这些年打游戏赚到的所有钱都在这张卡里。"

"我……我有钱，不需要你的卡。"蒋婉把他的卡往他的方向推。

"结婚就代表着我的东西以后全部都是你的，我也是你的。"闻烬看着她，一双漆黑的眼专注又认真地看着她，"你不想要我吗？"

蒋婉脸红了又红，心跳得极快，终于红着耳根点头："要。"

不过她还是转了账给他，是男戒的价钱。

"我的是你买的，你的是我买的。"她红着脸问，"可以吗？"

闻烬点头："可以。"

洗完澡后，蒋婉把今天新买的衣服拆了标签，放进洗衣机里，去厨房擦了一遍冰箱，又把厨房到客厅的地板拖了一遍。地拖完之后，她把中央空调打开。等闻烬洗完澡出来时，地板已经干了。

蒋婉去直播，闻烬就坐在冰箱前的地板上下棋。

她会抽空匚来，给他倒一杯水，而这个时候，闻烬不会专注地看着棋盘，而是握住她的手，微微使力将她拉进怀里，在她唇上印下湿吻。

蒋婉总会羞愤地瞪他，瞪着瞪着，又会搂住他，羞涩地回应他。

"今晚不播了。"闻烬抚着她的背。

"不行。"

闻烬声音已经哑了："我怕你明天起不来。"

蒋婉被亲得眼里蒙了层水雾："明天要……干吗？"

"领证。"

蒋婉早上确实起不来。闻烬则是精神抖擞，他穿好鞋，看了眼腕表："走吧，我们跑步去。"

蒋婉：……

早晨的空气清新又干净，蒋婉刚到楼下，意识就全面苏醒了。

她舒展着身体，做了几个热身运动后，注意到不少路过的人都在打量她。

不，与其说是打量她，不如说是打量闻烬身边的她。

那些目光总是先落在闻烬身上，随后再落到她身上，紧接着，落在两人无名指的戒指上。

闻烬没有戴耳机，而是陪在蒋婉身边，跟着她的节奏一起跑。

路上有很多晨跑的人，他们汗流浃背，但是精神面貌却很好，眼底有光彩，唇角有笑容。

蒋婉气喘吁吁地停在民政局门口时，整个人不由自主地软在闻烬怀里。

"我累了……"

闻烬搂住她，看了眼腕表，又看了眼民政局，低声告诉她："蒋婉，没开门。"

蒋婉错愕地抬头，喘着气问："为什么……没开门？"

"因为我们来早了。"闻烬把腕上的手表伸到她面前，时间才八点。

蒋婉：……

好想打死他。

两人等待的当口，陆续有其他情侣来领证，也有夫妻吵闹叫骂着来离婚。

"孩子都那么大了，你还出去偷腥，你是个人吗？！"中年女人边哭边骂，"跟你结婚之后，我天天在家里伺候你们爷俩，我不上班，我没钱，我伸手要钱还要看你脸色，菜做得不好吃还要看你爹妈的脸色，谁心疼过我？！我想着孩子大了，出息了，我就能好过点儿，结果呢？！我们结婚二十年了，你给我在外面养女人！给她买包买化妆品的时候你是不是忘了你家里还有老婆孩子？！啊？！你做这种畜生不如的事你对得起我吗？！"

围观人群看得目瞪口呆。

蒋婉也看得呆呆的，那个中年男人大概觉得丢人，丢下女人就跑了，中年女人边骂边跟上去。

蒋婉看到这一幕，忽地想起魏纪元和何映彤。

听说他们是从大学在一起的，两个人从学校到职场，在一起很多年，身边圈子都是一样的，也有很多共同话题。何映彤不止一次跟她说，她会和魏纪元结婚，他们早就攒钱准备买房了。

何映彤没事的时候就会在网上浏览一些婚纱的图片，她说女人生命中最重要的一件事，就是嫁给一个会疼人的老公。

蒋婉不知道他们以后会不会继续在一起，直至走向婚姻殿堂。

她也不知道，爱情的保质期究竟是十年，还是二十年。

她唯一知道的是，如果未来有一天，闻烬喜欢上了别的女人，她或许也会像跟前这个中年女人这样……声嘶力竭，撒泼打滚，只为了挽回心爱的人。

"在想什么？"闻烬摸她的脸。

"在想以后。"蒋婉实话实说，"如果你以后喜欢别的女人，我可能也会像她这样，哭着挽留你。"

"我不会喜欢别的女人。"闻烬看着她，一脸认真地道，"我只喜欢你。"

蒋婉：……

她脸一红，主动搂住他："我也只喜欢你。"

闻烬个头太高了，进了大厅之后又没戴口罩，那张脸格外引人注意。

不少来领证的小情侣都目露惊艳地打量着他，但他却浑然不觉，只低头牵着蒋婉的手，偶尔偏头跟她讲话。

闻烬的侧脸线条深刻，下颌线转折处线条流畅，鼻梁挺且直。他说话时薄薄的唇一开一合，低音炮一般的嗓音更是低醇好听。他身边的女人乍一看不是非常漂亮的女生，但是那张脸十足耐看，面相十分温婉秀气，皮肤白皙，眉毛纤细，眼睛里总是带着笑意，说话时，嘴角一直微微上扬。

两人签完字就手牵手去拍照。

闻烬面无表情惯了，面对镜头从来都没什么情绪。

倒是拍照的大叔忍不住劝他："结婚呢，要开心点儿，小伙子长得这么帅，笑一个。"

蒋婉笑着说："大叔，你拍吧，他已经很开心了。"

大叔有些纳罕："别人开心都龇牙咧嘴的，他这……也叫开心？"

蒋婉拿到照片时还是很满意的，闻烬一双眼很亮，面部表情也很柔和，并不是没有情绪的，只是很浅，旁人看不出，但她知道。

出来后，闻烬带着蒋婉去了便利店，买了很多巧克力。

"为什么买这么多巧克力？"蒋婉不解。

"庆祝。"闻烬把巧克力全部放在她手里，"我们结婚了。"

蒋婉失笑，却又有些感动，她轻轻踮起脚，伸手环住他的腰："是的，我们结婚了。"

铜锣烧他们过来敲门的时候，个个手里抱满了东西。

有人抱着红玫瑰，有人手里攥着五颜六色的氢气球，还有的手里抱着喜结连理的喜庆玩偶，后面几人手里则是捧着四五十只彩带炮。

蒋婉开门时，着实被他们这个架势惊到了。

"哈哈哈！姐姐！我们来了！"

蒋婉惊疑不定地看着他们怀里抱着的东西："你们……这些……是干什么用的？"

"阿烬呢？'铜锣烧挤进来，"阿烬没求婚经验，所以我们准备帮他搞一场独一无二的求婚盛宴，啊，姐姐你应该出去逛一圈，等我们弄好了再回……"

他正要抱着花进来，余光一扫，看见蒋婉无名指上戴着的戒指，他眨了眨眼："啥情况？阿烬速度这么快的吗？他已经求完婚了？"

闻烬刚洗完澡出来，一头湿发还在滴水，他拿了毛巾边擦边往门口走，扫了铜锣烧几人一眼，随后走进房间，拿出两个红色小本子递到几人面前。

众人：……

铜锣烧惊得把花丢给驴打滚，扯过闻烬手里的红本打开一看："你们昨晚才说结婚！今天就领证了！速度要不要这么快！孩子的事我还没问呢！"

"孩子是我弟的。"蒋婉小声解释。

驴打滚几人震惊地站在门口，面面相觑了许久，才问了句："阿烬，你昨晚求婚了？"

闻烬点头。

铜锣烧十分不信："怎么求的？"

"我说结婚。"闻烬看了眼蒋婉，伸手牵住她的手，"婉婉说好。"

众人：……

铜锣烧抓脸："就这样？！"

"然后你们早上就去领证了？！"驴打滚问。

"我们七点出发跑步去民政局。"闻烬单手拿毛巾擦头发，微微偏着头，嗓音带着低沉的质感，"等了半小时，他们才开门。"

众人：……

"还跑步去的民政局？！"

铜锣烧简直要疯了："你带姐姐去领证，还跑步去的？！"

"嗯。"闻烬点头，"顺便。"

当着蒋婉的面，铜锣烧几人根本不敢问他是顺便领证，还是顺便跑步！

因为你完全不知道闻烬这张嘴下一秒会蹦出什么惊世骇俗的话来！

"你为什么不求婚？我们蜡烛鲜花什么都买了，还有气球！彩带炮！你起码应该给姐姐办一场此生难忘的求婚仪式！"

铜锣烧指着身后众人："你看，我们所有人都买了东西，就是为了给你们搞一场求婚仪式。"

"其实，现在补办一个也不晚。"驴打滚说。

众人纷纷点头："是的，不需要你们插手，我们来搞。"

"不用。"闻烬十分认真地拒绝了，"我看过很多求婚视频，被求婚的女孩子都哭得很惨。"

"对啊，感动啊！一般女生被求婚都会这样，感动到泣不成声，边上的人看了都想哭的！"

铜锣烧几人附和，越说越觉得闻烬错过了生命中最重要的一场仪式。

随后就听闻烬表情认真地说。

"我已经答应过婉婉，以后不会让她哭……"

蒋婉立马条件反射地捂住闻烬的嘴巴。

众人："姐姐……"

蒋婉：……

闻烬今天开直播时，不少粉丝都注意到了他手上的戒指。

弹幕快疯了，噼里啪啦密密麻麻盖得满屏幕都是：

嗷嗷嗷！戒指！

恭喜烬哥！啊我哭了！酸死我了！

烬哥你要不要这么神速，你确定不是奉子成婚吗？

楼上别带节奏，婉婉解释过了，那是她弟弟家的孩子。

楼上别搞笑了，那个孩子跟阿烬一点儿都不像好吗！

都别吵了！烬哥这么开心，你们别扫兴！

烬哥烬哥！戒指哪里买的！好好看！好适合你！

闻烬戴上巨麦，看了眼屏幕，嗓音沙哑而又有磁性，像砂纸摩挲在耳际，好听到惑人。

"老婆买的。"

弹幕又炸了：

这么快就喊老婆了！

哇！是不是要结婚了！

恭喜婉婉女朋友升级为老婆！

嗷嗷嗷！恭喜烬哥！

"以后不可以瞎喊我老公。"闻烬看着弹幕，"我结婚了，我是蒋婉的老公。"

好的，阿烬！

都别欺负阿烬了好吗！

烬哥一本正经的样子好可爱！

蒋婉进来送果汁时，见闻烬正面无表情地盯着屏幕，她轻咳一声："饭马上好了，我……"

他扣住她的手腕，不解地问："我现在已经是你老公了，为什么不喊我老公？"

蒋婉整张脸涨红："我还不适应，我以后会喊的。"

"为什么要以后喊？"他蹙眉，显然不能理解。

蒋婉看了眼电脑，整个屏幕都是"哈哈哈哈哈哈"，粉丝们全都笑疯了，她红着耳根看了闻烬一眼，咬着唇喊："老公。"

闻烬满意了："老婆。"

蒋婉临走前，走到屏幕跟前，冲那群还在"哈哈哈"的粉丝们打了个招呼："闻烬是我老公，以后你们不可以喊他老公啦，不然他会不高兴。"

她第一次在闻烬直播间露脸，纯素颜，没有化妆，皮肤很白，眼睛细长，说话时眼睛里带着点笑意，让人不自觉就心生好感。

哇哇哇嫂子！

婉婉终于露脸了！上次阿烬比赛，戴着口罩都看不清，这次终于看见了！好好看！

哈哈哈婉婉出来霸道宣示主权！啊这该死的爱情！

你们谁注意到了，婉婉纯素颜……是真的素颜，一点妆都没有，这年头居然还有素颜这么白的！又白又好看！

她笑起来好好看啊！我感觉我都要恋爱了……

闻烬看见屏幕上越来越多人都在夸蒋婉长得好看，还有在对蒋婉告白的，他手腕一使力，把蒋婉拉进怀里，随后冲镜头一本正经地道："她是我的。"

弹幕又炸了。

闻烬和蒋婉在意大利的一所教堂举办婚礼。

除了证婚人神父，教堂里就只剩下他们两个人。

蒋婉知道闻烬不喜欢人多，他怕吵，也不喜欢吵。

那段孤单寂寞的童年并没有让他在成年时渴望朋友伴侣，反而让他习惯了独来独往。他也曾试着融入这纷杂喧嚣的世界，但他搞砸了。不能正确领会他人的情感和意愿，让他在这个嘈杂的世界里显得格格不入。

所幸，他遇到了蒋婉。

她会在他坐在地板上下棋时，不问缘由，只是安静地为他倒来一杯水。她从不主动探析他的世界，甚至在发现他梦游时，还会温柔地抱着他，为他柔声唱歌——虽然唱得很难听。

神父念祷告词时，闻烬发现自己走神了，他脑子里想起了一些和蒋婉之间的回忆，心口涌动着一种难以言喻的感受。

很新奇的感觉，但他并不反感。

蒋婉穿着白色裙子，头上戴着白纱，在神父的祷告中，她闭上眼，虔诚地祷告祝愿。

透过唇形，闻烬辨出她在念他的名字。

他也轻轻闭上眼。

祷告什么？

他想和身边的女人，一直生活在一起。

蜜月是闻烬决定的，路线是蒋婉定的。

当初听闻烬说带她蜜月旅行时，她兴奋了好几天，夜里也会抛弃羞赧，搂着他的脖子喊"老公"。他们白天旅行，夜里到了酒店就开手机做直播，闻烬不打游戏，就把手机开着，跟粉丝一起看蒋婉直播。蒋婉把耳机线用防水贴纸固定在桌上，拿羽毛轻扫，做"耳部按摩"。

她依然不露脸，但收看她直播的粉丝越来越多，她不再打字，会小声地说话，声音很轻很轻，不会喷麦。

很多粉丝喜欢她的声音，常常让她唱歌，她笑着说不会唱。

闻烬很满意，一边躺在床上看她的直播，一边给她刷十几万的礼物。

蒋婉一边扫羽毛，一边拿眼瞪他。

瞪着瞪着，闻烬就来吻她。

蒋婉立马服软。

但闻烬也就只会放过她直播的这段时间——等她直播一结束，他就把她压在床上。

闻烬特别自律，不论前一天多晚入睡，第二天都要七点起来跑步。

蒋婉即便被折腾得很惨，第二天早上也会准时地被他拎起来跑步。

一开始她还会气喘吁吁，后面适应了之后，就爱上了跑步这项运动。

两人每天早上都会沿着酒店往外跑，去看凌晨的街道，看那些忙碌的陌生人。他们或赶着上班，或赶着买早餐，他们从两人身边穿行而过，偶尔有人停下来，留下一两道惊艳的目光，或冲着他们打招呼，又急急忙忙地离开。

那些听不懂的陌生语言，异国他乡的空气和太阳，路上陌生面孔露出的微笑和祝福，这许许多多的一切都勾勒出蒋婉对未来的美好幻想。

闻烬的头发是在意大利剪的。幽静的巷子，蓄着胡子的中年男人，店里放着古典音乐，蒋婉就站在闻烬身边，目光温柔地看着镜子里的他。

闻烬第一次觉得理发店的氛围宁静舒心，他在蒋婉的温柔注视下，不由自主地扬起唇角。

那是他第二次笑——虽然他自己都没意识到。

晚上回到酒店，蒋婉问他以前都是在哪儿剪的头发，他说打完战队比赛之后，只出门剪过一次，后来都是专业的理发师上门。当时加入战队，一场比赛让他一夜成名，也让他不论到哪儿都受到许多关注，就连剪头发也会造成理发店人员堵塞。他跑步的时候也会遇到疯狂的粉丝，粉丝全程跟着他，甚至想跟着到他家里。

他也会收到粉丝送来的很多礼物，各种鲜花和各种手办，还有键盘和耳麦。但他一样没拆，都是教练和队员帮着拆的。

他不喜欢被人包围的感觉。

也不喜欢许许多多人高声喊着他的名字。

那些呼声于他而言，就是吵闹。

这些年来，他就是在这样的环境下成长。

他融入不了别人的世界，别人也融入不了他的世界。

直到他遇到蒋婉。

他低头看了一眼，蒋婉趴在他怀里睡着了，呼吸浅浅，细细的眉温顺地伏着。

他伸手拨开她的碎发，薄唇在她脸上印了个吻。

到蒋婉直播的时间了，但她还没醒。

闻烬只好登录她的账号，打开了镜头，在屏幕上打字：她睡着了，一会儿等她醒了再播。

一群早就守着点过来的粉丝看见这一幕全都嗷嗷叫唤：

啊啊啊！兄弟们！出来吃狗粮！

烬哥剪头发了！好帅！帅出天际！

烬哥！我就知道你肯定会在嫂子的直播间里！

呜呜呜烬哥好温柔！呜呜呜！

烬哥，新发型好帅啊！你们今天去剪头发了吗？

嫂子皮肤好好！呜呜呜！羡慕了羡慕了！

闻烬没有开口说话，只是看着屏幕上的弹幕轻轻点头。

一群粉丝疯了一样，噼里啪啦地敲着弹幕问他：

烬哥今天去哪儿玩了？

阿烬在哪儿剪的头发！我要去打卡！

烬哥今天和嫂子拍照合影了吗？想看美美的照片。

我也是我也是！想看照片！

闻烬点头，空出手去拿手机，打开相册，放到镜头前。

大多都是风景照，天空、街道、奶茶、长面包、广场的鸽子、拉小提琴的小女孩、跳舞的人群。

他一张一张地翻，冷不丁翻到一张两个人拥抱接吻的照片，他又快速翻到下一页。

弹幕已经疯了：

嗷嗷嗷！烬哥！上一张！我们要看上一张！

我看到了！ 接吻照啊！我正一边吃饭一边看直播呢，我妈听我尖叫还给我脑袋上来了一下，她看我还在傻笑，问我是不是有病，现在正在跟我爸商量要不要带我去医院检查脑子……

哈哈哈楼上的姐妹笑死我！

闻烬指了指怀里的蒋婉，又指了指手机，很轻地摇头。

弹幕全都在笑：

姐妹们，翻译来了，烬哥的意思是：不能给你们看了，老婆知道了会生气。

楼上的姐妹，我觉得应该是：她不让看。

哈哈哈求生欲很强的烬哥！

可以！这很傻烬哥！

接下来的几张照片，闻烬自己看了很久，是蒋婉偷偷拍的，他并不知情。

是他睡着的照片。蒋婉的食指戳在他脸上，戳出一个微笑的弧度。他刚睡醒时，睡眼惺忪，头发中央翘起一小簇头发，看着有些乖巧可爱。

往后翻，还有他打游戏的照片，他微微拧着眉，坐在电脑前，修长的手指搭在键盘上，另一只手握着鼠标，眉眼专注地看着屏幕。

再往后的照片都是他们日常的一个个小片段。

蒋婉趴在他肩上，冲镜头比着耶，而他偏头亲她的耳朵。她拿牛油果给他吃，见他皱着眉，在边上哈哈大笑，而他拥着她，吻住她的唇，将那奇怪的味道喂进她嘴里，耳边依稀能听到她羞愤的喊声：

"闻烬！我在拍照！"

蒋婉醒来时，就看见满屏的弹幕：

烬哥！别一个人在那儿看！让我们也看看！

烬哥什么时候游戏直播啊？蜜月旅行这段时间都不直播打游戏了吗？

　　楼上别煞风景了好吗？烬哥想什么时候直播就什么时候，人家现在正在度蜜月呢，你能不能有点眼力见儿？

　　你看不见烬哥正在嫂子直播间吗？催什么催！

　　别吵别吵！婉婉醒了！

　　哦！嫂子！

　　蒋婉耳根发红地从闻烬怀里爬起来，小声问："你在直播？"

　　问完之后，她才看见直播账号是自己的 ID。

　　蒋婉：……

　　"我没说话。"闻烬坦诚地看着她，"只给她们看了照片。"

　　"什么照片？"蒋婉有种不祥的预感，她接过自己的手机，打开第一眼就看见两人的亲吻合照。

　　她难以置信地问："你给她们看了？"

　　闻烬摇头："这张没有。"

　　他往前面翻了翻，翻到另一张接吻照片，点点头道："这张给她们看了。"

　　蒋婉：……

　　弹幕笑疯了，全是一片：

　　哈哈哈我笑死！

　　我笑到方圆五百里都以为谁家母鸡下蛋了！

　　我笑到牙箍都绷开了，好痛……姐们儿……

　　哈哈哈楼上你们要笑死我！

　　蒋婉羞愤地瞪着闻烬，冲他喊："走开！"

　　闻烬搂住她不松手："别生气，老婆。"

　　说话间，低头在她唇上亲了亲。

　　蒋婉看了眼镜头，又看了眼闻烬，整张脸爆红："闻烬！"

"我在。"闻烬搂住她，用下巴蹭着她的发顶，嗓音低哑地喊，"老婆。"

弹幕又开始呼唤起来：

好甜啊！烬哥！

发糖日！

嗷嗷嗷烬哥的声音好苏！

蒋婉冲镜头抱歉地道："我们还没吃饭，等半小时后再来直播好吗？很抱歉让大家久等了，不好意思。"

她关了直播，回头又羞又恼地瞪着男人："闻烬！不要在直播的时候，喊……老婆。"

"为什么？"他问。

"没人会那样喊的。"她红着耳根道。

"有。"他笃定地道。

蒋婉问："谁？"

闻烬指了指自己："我。"

蒋婉：……

他们在国外旅游了四个月，回来时刚好到年关。

闻烬在保安室拿了几份快递。有两双鞋子、一箱子的女性奢侈品香水和名贵护肤品，还有两张银行卡和一张卡片。

上面是闻烬父母留的字：

看新闻才知道你们结婚了，以后好好的，有需要就跟爸妈讲，虽然你们可能不需要。

闻烬，爸妈小时候确实亏欠你，我们不求你原谅，只希望你以后和婉婉两个人好好的，不要受我们的影响。

爸妈留。

抱着快递回家时，蒋婉问他："鞋子要拆吗？"

他的衣帽间堆了很多没拆的鞋盒。

闻烬摇头。

蒋婉抱着他的鞋盒，送到他的衣帽间，又把那几个鞋盒堆到一起。她又注意到他十几双一模一样的鞋子，出来时问他："怎么买那么多一模一样的鞋子？"

闻烬正要洗澡，闻言顿了片刻才说："想知道他们是什么心情。"

"什么什么心情？"蒋婉没明白。

"买鞋子给我的时候，他们是什么心情。"他瞳仁很黑，但里面没多少情绪，声音低低的，"想知道。"

蒋婉愣住。

所以他一次次去买一模一样的鞋子，买了十几双，还是没能体会他们的情绪。

她眼眶忽然就红了，她走上前，伸手环住他的腰。

他一直渴望父母的疼爱，见面的时候表现得有多冷漠，内心就有多渴望。

"怎么哭了？"他伸手摸她的脸，低头舔掉她的眼泪，"去房间？"

蒋婉伸手捶了他一下。

闻烬抬起她的下巴，很轻地吻她，从额头到鼻尖，再到嘴唇。

蒋婉踮脚搂住他的脖子，两只手安抚似的拍着他的后背。

闻烬按了遥控器，把窗帘关上，随后抱着她到了沙发上。

他很耐心，温柔又缓慢。

蒋婉满脸都是泪。

她搂住他的脖颈，在他耳边说："闻烬，我想给你生个孩子。"

闻烬顿了一下，漆黑的瞳仁有一瞬间的茫然，似乎没听明白蒋婉在说什么。

他气息不稳，嗓音沙哑极了："你说什么？"

蒋婉搂住他，亲了亲他的唇："我说，我想生孩子，我和你的孩子。"

闻烬低头看向她的肚子。

过了很久，他才看向蒋婉，神情带着几分愣怔。

"如果他……生下来，像我一样不正常，怎么办？"

蒋婉眼泪忽然就掉了下来。

原来他不是不喜欢孩子，而是怕以后的孩子成为另一个他。

"不会。"她温柔地亲他的脸，"不会的。"

她的声音都哽咽了："我保证，不会的。"

"别哭。"他伸手擦掉她的眼泪，搂住她的那只手隐隐颤抖，他的心脏鼓动得震耳欲聋，"我心脏……跳得很快。"

"我听到了……"蒋婉哭得泪流满面，她抽噎着说，"那是开心，闻烬，那是你开心的声音。"

闻烬怔了片刻，低头吻了吻她的发顶。

这一刻，两人都不再说话，只有心脏扑通扑通剧烈跳动的声音响在空气里。

夜幕降临。

他们在寒冷的冬季，开始期待新生命的到来。

CHAPTER 08

他的生命
终于完整
Complete

在往后的日子里，闻烬时常会梦见自己的童年。

在他六岁那年，家政阿姨做完饭问他想不想爸妈，他以前会说想，阿姨问的次数多了，他就不愿意开口了。因为他说与不说，结果都是一样的。

他整日待在房间里，偶尔隔着窗户看楼下花园里的小孩玩耍，家里的阿姨问他想不想出去玩。

他不说话。

她便擅作主张带他出去。

他见到很多小孩子，开开心心地在笑，身边是父母，或爷爷奶奶。

只有他，身边站着一个甚至算不上亲近的家政阿姨。

家政阿姨说："你要跟其他孩子一样，你看，他们开开心心的，他们的爸妈就会疼爱他，你也一样，你开开心心的，你的爸爸妈妈就会多花时间来陪你。"

她似乎只把他当孩子。

所以当闻烬告诉她不会的时候，她还耐着性子哄他："爸爸妈妈只喜欢听话的小孩，你看看，这些开心的小孩，都是因为听话……"

六岁的闻烬看着家政阿姨，他小小的脸上没有任何表情："医生说我有病，我不会开心。"

家政阿姨被吓到，当晚就跟闻烬父母辞了工作，也不说原因，只说家里有事忙。

闻烬爸妈找到闻烬质问他跟家政阿姨说了什么。

闻烬实话实说。

随后，闻烬就听到父母冷声质问："你能不能正常一点儿？！"

他不知道父母在生气，也不知道父母的质问蕴含着怒气。闻烬长大以后，慢慢回忆起这副场景的时候，他才明白那个时候的父母是在发火。而当时的他，无法感知外界的所有情绪。

但他能记得所有的场景，当时每个人说过的每一句对话，以及每个人脸上细微的表情。

他还记得，父母带进家里的第一个玩伴，是个跟他一样大的男孩。

他很调皮，很活泼，话也很多。

他总是不停地问闻烬：

"为什么你不说话？"

"你没有爷爷奶奶吗？

"你一个人在家不害怕吗？

"你爸爸是做什么的？你妈妈是做什么的？"

闻烬没有搭理他。

男孩是住家玩伴，晚上就睡在闻烬隔壁的房间里。

那个晚上，当男孩揉着眼睛从房间出来时，看见的画面是闻烬半合着眼从客厅走到厨房，他拉开冰箱门，把所有的东西翻出来。客厅没开灯，男孩只看到一个小小的鬼影在走动。

于是他直接被吓晕。

第二天，男孩发烧到四十度，接着被送进医院。

后来陆续送来的几个男孩都被闻烬吓到，有些人尖叫，有些人大哭。

被送来的男孩无一例外，都觉得闻烬是个怪物，所以第二天就赶紧逃走了。

他记得那些男孩脸上的表情，只是无法感知到他们的情绪，也不能理解他们的恐惧。只是当他们离开时，闻烬就站在客厅，看着他们头也不回地走出家门。

这明明是很遥远的记忆，但是在闻烬的梦境里清晰得仿佛昨天才刚发生。

他记得幼儿园的老师牵着他的手，有些为难地看着他母亲说："闻太太，闻烬……跟其他小孩不太一样，我们……实在没办法去教他，您不如把他送到特殊学校？那里的师资条件比这里要好很多。"

他也记得母亲当时的表情，她强忍着情绪，只是点头说了句"麻烦了"，随后牵着他往回走。

她在路上给父亲打电话："不行，他们不收，这已经是最后一家幼儿园了！公立私立的我们全都试过了，还是不行，怎么办啊？"

她焦灼又无力："别找了，我们找老师在家里教他就好，没别的法子了。"

"谁在家？你有时间还是我有时间？"她捂住脸，言语间满是倦意，"有家政和家教老师就行了，我还要赶实验数据，明天还要出差，这个月还要做评估，我不知道为什么每天都在忙，每天都有忙不完的事，闻烬也……"

她转头看了眼闻烬，他静静地站在那儿，面无表情地看着前方。

马路对面是公园，很多家长带着孩子们在里面放风筝游玩，隔着老远距离都能听到那边的欢声笑语。

"阿烬，想去玩吗？"母亲问。

闻烬没有回答。

她已经牵住他的手往马路对面走去："我们去玩一会儿。"

她只是离开研究所一会儿，电话就响个不停，她提起精神去接电话，解释自己一会儿就回去。

而等她挂掉电话时，就听到有孩子大哭起来。

她急急忙忙地去找闻烬，就见闻烬面前站着一位气势汹汹的家长和一个正在大哭的小男孩。

"你家孩子怎么回事？！"那家长生气地朝李彩喊，"好端端地打人！"

"对不起对不起！实在对不起。"李彩不清楚前因后果，但还是先赔礼道歉，随后拉着闻烬问缘由。

闻烬看着母亲，没什么表情地说："他推我，我才推他的。"

"他在跟你玩！"对方母亲很是恼火，拉着自家号哭不止的孩子转身就走，"走走走，我们不跟他玩了。"

"闻烬。"等人走后，李彩半蹲下来，跟闻烬解释，"他是在跟你玩，不是故意推你的，所以你不能推他。"

闻烬不明白："他推我，我不能推他，为什么？"

李彩语塞了一会儿，才道："因为他……是跟你玩。"

"为什么？"他还在问。

李彩替他理了理衣服，耐着性子解释："因为……你把他弄哭了呀，跟小朋友要友好相处，不能打人，也不能动手把人推开。"

"你是他的妈妈，不是我的妈妈。"闻烬突然道。

"你说什么？"李彩怔住。

闻烬却不再开口。

家教老师是第三天来的。

她花了一周的时间，跟闻烬建立感情，陪他堆积木，看他一个人下棋和拆机器人。

对于闻烬过人的记忆力和超出同龄的智商，她十分震惊。

她在闻烬父母回家时，跟他们建议："应该送闻烬去学校的，他很聪明，去学校以后，也会试着跟朋友相处，不然他太孤独了。小孩子这么小就一直关在家里，对他的身心都不好。"

"没有关在家里，是他融入不了学校，我们所有的方法都试过了，谢谢你的建议。"闻烬父母只是回来找一份文件，找完就匆匆离开了。

闻烬就站在门口，看着他们走远，这才转身回到沙发上坐好，继续拆桌上的机器人。

家教老师有些心疼地问他："你想不想找朋友一起玩啊？"

闻烬摇头。

"为什么？不喜欢别的小朋友吗？"老师问。

闻烬看着她说："他们可以推我，但我不可以推他们。"

老师愣住："为什么？谁说的？"

"妈妈说的。"

家教老师错愕地看着他，她明明有很多话可以说，却一时之间找不出能好好安慰他的话。

接下来，不管老师问什么，闻烬都不再开口。他沉浸在自己的世界里，堆完积木，把拆下来的机器人拼装完毕，就去下棋。

他会下五子棋，也会下国际象棋。

他太聪明，家教老师在他面前也仅仅是险胜，但闻烬习惯一个人下棋。

他静静地坐在那儿，一坐就是很久。

在闻烬童年的记忆里，大多都是各种家教老师的面孔，他们都是开朗的性子，脾气温和，也很耐心，他们教他课本上的知识，但没教他生活中的常识。

大概所有人都以为，他这么聪明，怎么会不知道那些生活常识。

但事实却是——闻烬什么都懂，除了常识。

他也还是会梦游。

心理医生为他做过催眠治疗，他在催眠状态下依旧在梦游，完全回答不了心理医生的任何问题。

精神科医生为他做过检查，确定他有交流障碍，最后鉴定他为"阿斯伯格综合征"。

"阿斯伯格综合征属于孤独症谱系障碍的一种，具有孤独症的典型表现，即社会交往与沟通能力低下、孤独少友、兴趣狭窄、动作和行为刻板等，但没有明显的语言障碍和智能障碍。"

"阿斯伯格综合征也称为高功能孤独症，最主要的特点是情感交流障碍，不能体会他人情感，因此在学校中可能不能与其他人建立良好的社会交往关系，容易与同学产生冲突。"

"阿斯伯格综合征的孩子智商一般正常，甚至有些方面高于正常的同龄儿。有的孩子在学校可能被称为怪博士，兴趣爱好跟其他的小朋友不太一样，但在某些方面可能会有比较深入的研究。"

他记得医生念的那张五十道题答题卷，也记得满分一百的卷子他只得了五分。

他更记得母亲看见答卷时，她投过来的视线。

她很惊诧，也很无措。

她翻来覆去地看答卷，似乎不明白，为什么他会选一个明明看起来就是错误的答案。就像她不能理解，他为什么不能体会他人的情感一样。

他像个无知无觉的怪物，他看起来和其他小孩没有什么不同，但他不会哭不会笑，也不能感知其他人的情绪，他只沉浸在自己的世界里。

他的母亲花了很长时间，才接受闻烬得了精神病这个事实。

但她没有停止找心理医生为他做治疗。

即使治疗没有效果。

他不是正常人，不论去多少次，答案都是一样的。

他变不回正常人。

闻烬到了读初中的年纪，他的父母试着送他去学校。

初中的学生还处于叽叽喳喳闹腾不停的阶段，闻烬刚进去，就被一群人包围。他们围着他不停地追问他住哪儿，身上穿的什么牌子，脚上的鞋多少钱。女生则是问他叫什么名字，能不能写下来。还有同桌，问他什么血型，什么星座，说他不跟 B 型血的人坐一起。

最烦的是老师，每一节课，都让他们上去做自我介绍，闻烬不明白，为什么同样一句话，要分不同的场合说十几遍。

他只上了半天课就走了，一群才认识的学生追着他问：

"闻烬你去哪儿？"

"你不去吃饭吗？"

"哎！我们去食堂吃饭，你要一起来吗？"

还有一群不认识的学生追着他，往他怀里塞情书：

"我是你隔壁班的，我叫陈思然，你好，我们可以认识一下吗？"

"你是叫闻烬吗？名字特别好听，你叫我香香好了。"

"你好，同学，这个给你。"

闻烬任由塞进怀里的情书掉落在地，随后头也不回地走出学校。

虽然他没有像普通学生那样正常上课，但他参加了中考和高考。他的成绩一直很好，除了语文的阅读理解和作文零分，他的成绩始终碾压在校学生。

他去参加过大学的入学典礼。沿途他被许多人围着，不少女生拦下他，说要请他吃饭或是看电影，还问他要微信号。

闻烬没有微信。

他没有要联系的人，也没有亲近的朋友。唯一算得上亲密的人，就是自己的老师，而那些老师有很多学生，他实在算不上他们心中亲密的人。

他的父母很忙，很少回家。他们偶尔出差，一个月回来一次。

虽然他们回来的时候，会给他买很多礼物，当作补偿。但闻烬不是普通小孩，他不喜欢礼物，也并不能理解大人眼中的补偿。

他从七岁起，就清楚地认识到：父母为自己提供的只有房子和金钱。

于是他开始攒钱，只是攒得很少。

因为他不出门，父母只会在过年的时候给他压岁钱，而他平时没有零花钱。

他是十六岁的时候接触电竞游戏的。

那一年，教他物理的新老师在休息时间打开游戏，从此为他打开了一个新世界的大门。

他告诉闻烬："打进国服，你就有玩游戏的天赋，像我们普通人随便玩玩就行，但如果你有这个天赋，靠这个吃饭是没问题的。"

他并不清楚自己有没有打游戏的天赋，只是在学习之余，花了点儿时间研究游戏的玩法与每个英雄人物的属性和技能。

他并没有想靠游戏赚钱，他只想一个人待着。

当他研究透彻后，他又花了一年多时间把网络上的所有游戏都钻研了一遍，把每款游戏都打上了榜。甚至连当时物理老师推荐的那款游戏，他也只用了不到半年的时间，就把两个打野英雄打到了国服第一。

那一年他十八岁，也是那一年，他被 AY 战队的教练邀请进战队。

教练喜欢挫新人的锐气，但很不幸的是，他碰到了闻烬。

他没挫成闻烬的锐气，还把自己挫出一身伤——他被闻烬狠揍了一顿。

只因为闻烬刚来的时候，就参加了小组的 PK 赛，还赢得非常漂亮。

教练喜欢打击式教学，声称这样才能激发队员的潜力。因此，当他看见闻烬赢了游戏，也只是冷哼一声："别以为你赢了就能沾沾自喜，在我这儿，你就是个菜鸟。"

但他没想到的是，闻烬二话没说就给了他一拳，直接把他打蒙了。

而且现场除了其他战队的队员就是教练和经纪人，在场二十几双眼睛，加上监控，把这一幕全部记录了下来。

虽然教练笑哈哈地说着没事，但他心里清楚，他已经成了整个训练基地的笑话。

他回到办公室，等闻烬来道歉，结果等了半天，等来的消息是闻烬走了。

后来实在没办法，教练放下自尊，主动联系了闻烬，苦口婆心地劝他给自己一个面子，起码也得给他道个歉，不然他以后没法混。

闻烬半句话都没听完，就把电话挂了。

教练只好又换了一种委婉的方式："马上比赛了，你不是要参加比赛吗？还想不想训练了？想训练就……回来吧，这边位置都准备好了，你的训练服都送来了。"

闻烬这才过来。

教练在闻烬面前也不敢乱说话，只是看着他打游戏，给点儿建议。倒是闻烬的队员，经此一事后，有些兴奋地围着闻烬闲聊："你好猛啊，刚来就给我们教练一个下马威，牛！"

"哥！从今天开始，你就是我哥！"

"叫什么哥，人比你还小呢！"

"自我介绍一下，我叫铜锣烧，初次见面，你好。"铜锣烧指着身后几个人介绍道，"那个卷毛叫驴打滚！那个瘦子叫Double A！那个穿朋克衣服、打耳钉的叫cool guy！还有五个人在隔壁打小组赛，以后我们都是你的队员了。"

"欸，你是哪儿的人啊？"

"你这张脸不去当明星可惜了，还有这腿，妈呀，你应该去当模特……"

在叽叽喳喳的吵闹声里，闻烬戴上耳机，坐在电竞椅上。然后他想起什么，偏头面无表情地说了句："闻烬。"

说完，他转头认真打起了游戏。

众人：……

闻烬的冷不是装出来的高冷，他是没有情绪的冷。

铜锣烧几人常常会在开玩笑的时候冷场，因为大家哈哈大笑的时候，一旦看到闻烬，就会发现他面无表情地看着他们。这时场面就会迅速冷寂下来。

铜锣烧试着把刚刚的玩笑话讲给闻烬听，就看见他面无表情地说："哦。"

然后冷寂下来的场面又会陷入死一般的静滞。

虽然基地提供住宿，但闻烬从来不住宿。

他不论在基地待到多晚，都会在十二点之前坐车离开。他起初并不习惯和大家坐在一起吃饭，后来他每次吃饭的时候，铜锣烧几人都会坐在他对面。久而久之，他也习惯了，只是不经常与众人聊天。

当然，一旦他参与，就印证了那句话：不鸣则已，一鸣惊人。

"我感觉我最近状态不太行，有点儿拖你们后腿了，不好意思啊。"卷毛驴打滚挠了挠他的卷发，"早上那一场应该能赢的。"

"没事，现在又不是比赛。"铜锣烧安慰他，"比赛的时候，你状态一定要保持好。"

"是啊，没关系，手感不好就这样，我也经常这样，能连着输十几场。"Double A说。

"还是我们不行，你看阿烬，他就从来没有手感不好的时候，我每次看他打游戏，真的就是叹为观止，我都想象不到他反应怎么那么快。”驴打滚喝了口饮料说。

铜锣烧看着闻烬问：“阿烬，你觉得这个游戏怎么样？”

闻烬抬头，面无表情道：“太简单了。”

众人：……

杀人诛心啊！

他们去参加全国比赛之前，还在同城打了一场比赛。

当时主办方招待他们吃饭，闻烬单独要了份饭，喝完一口汤之后，他就变了脸色，随后冲到洗手间吐了起来。铜锣烧以为他吃了什么不喜欢的东西，结果等了一会儿，没等到人回来。等铜锣烧赶到洗手间一看，闻烬一张脸惨白，整个人跪在地上。那一刻，铜锣烧才意识到事情的严重性了。他和其他队友把闻烬带到医院。医生检查完闻烬的身体后，发现闻烬什么事都没有，大概就是吃的东西有问题。

最后一盘查，才查出来，闻烬喝的汤里有青菜。

知道闻烬不能吃青菜以后，众人才顿悟闻烬不跟他们一起吃饭的原因。

“你不能吃青菜要跟我们说啊，还有其他什么不能吃的东西没？”从医院出来后，铜锣烧就冲闻烬道，“我们给你列个单，把你不能吃的都记下来。”

“为什么？”闻烬蹙着眉，一脸困惑，“为什么要跟你们说？”

铜锣烧愣了一下：“因为……我们下次帮你看着啊，以后不会让你吃到讨厌的青菜。”

“为什么？”闻烬似乎还没明白。

铜锣烧也快糊涂了：“这哪有什么为什么，我们关心你啊。”

沉默许久，闻烬抬头问：“为什么？”

众人：……

"阿烬！你的脑袋怎么了？我们是朋友啊，朋友有义务照顾朋友的！我们当然不希望你再吃到讨厌的青菜，然后吐到去医院……"驴打滚拍了拍他的肩膀说，"明白了吗？"

闻烬摇头："我跟你们不是朋友。"

众人：……

万箭穿心。

相处磨合了几个月之后，大家也都习惯了闻烬的脑回路和他冷漠的性子。

最重要的是，闻烬除了个别方面有点儿古怪以外，打游戏非常厉害，不管是打野英雄还是射手上单，他总能以一己之力扭转乾坤，将逆风局打成顺风局。

铜锣烧和驴打滚每次带妹子打排位都会拉上闻烬一起打。

结果一场游戏下来，妹子全都喊闻烬哥哥。她们全程保护闻烬不说，游戏结束后还要加闻烬好友。

铜锣烧和驴打滚深受打击。再看闻烬，打完游戏，不但拒绝了妹子的好友申请，还皱着眉说了句："吵。"

众人：……

这样的性格以后会找到女朋友吗？

他们很是怀疑。

打全国赛之前，国内有预热赛，也是热身赛，基地不少战队都去了，教练也给他们报了名。但是，临上场的时候，几人才发现闻烬不见了。教练急得要死，他想看看闻烬比赛的状态和平时有没有差别，这样才能决定到时候全国赛的名单上要不要填他。

可哪儿知道　闻烬人不见了。

众人急得到处打电话联系的时候，就见闻烬不知何时被主持人领着站到了舞台上。

闻烬没穿队服，他的外套在铜锣烧手里，身上只穿着一件白色 T 恤，那张脸冷得不行，眉形微微上扬，瞳仁很黑，眼下卧蚕很深，鼻梁又高又挺，下颌线利落流畅，配上那过分挺拔的身材，所到之处，无不令人止步注目。也因此被所有工作人员误认成了明星。

他一走进来，便有人领着他往后台的方向去，还找化妆师来给他补妆，热情地问他："要不要喝东西？"

闻烬点了一份鲜榨橙汁，当他喝完后，就被主持人请到了台上。

主持人："接下来，有请我们的代言人——出场！"

而闻烬，在面对递过来的话筒，以及台下坐满的人群时，只拧着眉说了句："我叫闻烬。"

主持人：……

全场安静了片刻，随后有人开始鼓起掌来，铜锣烧和驴打滚几人拼了命地喊："好——"

气氛这才嗨起来。

而主持人也在听闻烬报出名字后，才发觉搞了场乌龙。真正的明星还坐在休息室里补妆，浑然不知道，自己的风光早就被另一个人抢走。

教练在台下短短几分钟经历了悲欢喜怒四个阶段，等闻烬下来时，他只捂着心口说："闻烬，我跟你说，我心脏不好。"

闻烬看着他："哦，那你记得吃药。"

教练：……

"我是被你气的！"教练忍不住道，"你要比赛的，你乱跑什么！你刚刚去干吗了？！"

"喝了杯橙汁。"闻烬面无表情地说，"好喝。"

教练：……

他捂着心口深吸一口气，冲闻烬说："去准备比赛。"

"哦。"

因为只是预热赛，没多少人关注，也没什么媒体记者，所以来的都是些不出名的战队。

闻烬上场后，就换上了自己的键盘和耳麦，他不喜欢黑色键盘。预热赛没太多要求，因此主办方和裁判都是应允这种行为的。教练跟在几人身后说规则和注意事项，铜锣烧几人虽然是老队员，但每到比赛，心态都有些崩，因此不时拿纸巾擦拭掌心的汗。

他们怕输，也输不起。这场比赛的输赢，关系到他们日后能否参加全国赛。

教练跟对方教练笑眯眯地聊了几句后，回到铜锣烧几人面前说："对面完全小学生水平，你们放开了打，懂吗？他们教练就是个傻子！"

话没说完，对方教练也过来了，站到闻烬身后看他的键盘，还夸了句："你这队员挺有个性的。"

"哪儿呢，比不上你的队员。"教练吹捧起来，"你这么厉害，队员能差到哪儿去。"

对方教练笑了笑："过奖了。"

临走之前，他跟每个队员握了手，轮到闻烬的时候，闻烬没有伸手，只是蹙着眉道："我不想跟你握手。"

对方教练问："为什么？"

闻烬认真地道："我们教练说你是个傻子。"

对方教练：……

其余众人：……

沉默，是今晚的康桥。

"不是！开什么玩笑哈哈哈！"闻烬的教练率先反应过来，皮笑肉不笑地呛呛笑着，满脸都是尴尬之色，"这小子天天就喜欢乱开玩笑，我什么时候说的，哈哈哈……"

他冲闻烬使眼色，想让他闭嘴，就见闻烬抬腕看表："十点四十五分三十五秒的时候说的。"

教练：……

对方教练笑着来的，却绷着脸走的。

闻烬的教练笑着笑着捂住脸绝望地问闻烬："闻烬，我招你惹你了，你这么对我？你是不是想我死？啊？你是不打算放过我了是吗？我不就骂你一句菜鸟，你记仇记到现在？你实在不行，你骂回来啊！"

闻烬看着他，面无表情地道："菜鸟。"

教练：……

比赛开场，对方来势汹汹，大概是因为对方教练回去说了什么，对方战队成员，开局全体进攻中路，直接越塔把法师给干掉了。

台下响起一片欢呼声。

对方教练抬起下巴，冲这边看了一眼，眉眼尽是得意。

中路是铜锣烧，这才开局不到四十秒，他就被灭了，他担心自己起不来，便在耳麦里朝闻烬喊："我先发育了，阿烬，你抓一下下路。"

他刚说完话才发现闻烬已经跑到敌方野区了。

"阿烬！'铜锣烧在中路，离闻烬最近，理应过去支援他，但是对面中路还在，铜锣烧怕自己走过去暴露闻烬的视野，又怕自己不去，闻烬被对方埋伏。

铜锣烧在河道放了两盏灯，才刚放完，就被对方点掉了。他气急败坏间，就听见"单杀"的语音播报，他赶紧看向闻烬的英雄人物，头像还亮着，没死。

只是残得厉害，只剩一小半血了。

"阿烬……"铜锣烧有帮助队友回血的技能，他刚要喊闻烬回来，就听见"双杀""三杀"的语音播报。

几个队员全兴奋了，朝闻烬的方向喊：

"阿烬你太帅了！"

"哈哈哈对面人都傻了！"

"别说对面，我都傻了哈哈哈！"

节奏瞬间被拉回，闻烬操作意识很强，节奏更是快，刷野清兵，抓人，从下路到中路，再绕到上路，短短五分钟，对面掉得只剩高地塔。闻烬虽然还没收齐装备，却已经可以单杀对面任何一个人。他不停地抓对方打野选手，抓完刷野清兵开大Boss，随后去下路，从草丛里钻出来，用技能把对面辅助和射手全部收走。

胜负已定。

十分五十秒的时候，他们推倒敌方水晶。

预热赛的关注度太低了，即便主持人口若悬河，妙语连珠，来看的人也都是来参加比赛的一群名不见经传的战队们。他们坐在台下，看着闻烬的操作，也只是认为是对面太菜的缘故，不然闻烬根本不可能赢那么快。

闻烬打完一场就去洗手间，然后出来静静地喝饮料，他喜欢喝各式各样的果汁，唯独不喜欢喝纯净水。

教练正在跟其他队员复盘，看见闻烬过来，有心想说什么，但一想到打比赛之前那尴尬的一幕，他又赶紧闭上了嘴。

其他人却是把闻烬围住：

"你刚刚太帅了！"

"真的，有你在，我们全国赛肯定能拿奖！"

"对，教练说了，到时候你要去参加全国赛！你开不开心！"

闻烬听完只是淡淡地说："哦。"

众人：……

十分钟后，第二场游戏比赛开始。

对面针对闻烬，把他上一局的打野英雄给 Ban（禁用）了。不管哪个打野英雄，闻烬都玩得特别溜，他随便挑了个打野英雄。

一开局，对面就来野区抓闻烬。哪知道，闻烬早就蹲在他们家的野区里了。

一行人只好把闻烬的野给打了，准备回去抓他。闻烬打完野，直接就把对面的法师给杀了。他不打己方野区，专门去对面野区刷野，刷完就 Gank（偷袭）三路。对面搞不清他的节奏，被迫牵着鼻子走，不到五分钟，对面就死了二十八个人，其中二十三个人头都是闻烬拿下的。

这一局打到最后，对面三路都崩了，比赛不到八分钟就结束了。

三局两胜，闻烬所在的战队赢了两场，其余一场已经不需要再打了。

比赛结束，闻烬收拾完装备就跟在队友身后往台下走。今晚会出决赛名单，明天还要再打一场。

他们云台下坐着，准备看其他战队比赛。

唇齿

才刚下去，他们就遇到了几个战队的女成员，她们走过来，笑眯眯地问闻烬要赛区 ID 号。

"我不跟女孩子打。"闻烬果断拒绝了。

几个女生有些尴尬："为什么？"

闻烬微微蹙眉："太菜。"

几个战队女生：……

铜锣烧赶紧出来打圆场："不是，他不是那个意思，他的意思是……对面太菜……他是在狂龙风暴区，ID 就是他名字，闻烬。"

闻烬还要再说什么，铜锣烧赶紧把他拉走："好了，我们走了。"

到了台下坐好，铜锣烧这才问闻烬："你刚才准备说什么？"

闻烬面无表情地说："她们不仅菜，还吵。"

众人：……

这种人以后要是能找到女朋友，他们就直播吃虫子！

晚上一行人出来吃饭，好巧不巧，在餐厅的大厅遇到对战的那群人，以及那位"傻"教练。他们战队名挺新奇的，叫尼古拉战队，简称——吸血战队，而教练也有个别称，叫吸血教练。

闻烬目不斜视地走进去，找了个位置坐好。铜锣烧和教练几人眼睛都快眨抽抽了，闻烬都没反应，他们只好硬着头皮坐下，尴尬的氛围席卷整个餐厅。

"没包间吗？"铜锣烧听见对方教练问服务员。

"没有了先生，这两天客人比较多，包间早就被订下了。"服务员热情地回应，"我们稍后为您这桌送一道菜，您看怎么样？"

"好，谢谢。"

服务员来到他们这桌时，铜锣烧点了几个菜，又给闻烬点了两份没有青菜的肉。

那边吸血战队的几个队员暗戳戳地观察闻烬，等服务员过来，就问服务员闻烬点了什么菜，让服务员照着上。

后面服务员就端了一份分量惊人的肘子和排骨。

众人：……

他们目瞪口呆了几秒，然后看了一眼不远处的闻烬。

只见闻烬正飞快地消灭着手里的排骨，他喝了口果汁，拿纸巾擦了擦手，把空了的盘子推到一边，又开始吃那块肘子。

……

吸血战队的成员们面面相觑，无不在心里质疑呐喊：他是怎么吃下那么多肉，还保持那么好的身材的？！

一顿饭除了闻烬，其他人都吃得有些拘谨。教练更是全程都没抬头，吃完了就去结账。

倒是出来的时候，吸血战队的成员走到闻烬面前，虚心求教地问："你是怎么打的？有没有什么技巧教给我们？"

教练急赤白脸地担心闻烬傻兮兮地告诉别人，冲出来打哈哈道："打游戏这个就看个人脑子和反应能力，没啥技巧。"

吸血战队的成员仍看着闻烬。

闻烬说："你们学不会的。"

"为什么？"几人心有不甘地问。

闻烬看了眼教练，教练心里一咯噔，来不及做出反应，就听到闻烬理所当然地道："因为我们教练说你们是小学生水平。"

众人：……

教练：……

当天晚上，教练去药店买了两瓶速效救心丸。

第二天他们的决赛没能赢。

铜锣烧几人状态虽然好，但是一开场就被对面压着打，即便闻烬拉回了一点儿节奏，但团战的时候，他们依旧处于劣势——不是单个人被抓，就是前排冲在前面，对面打野过来把后排切了。

总之四个人总是被团灭，每次都只剩下闻烬。

而对面只死了辅助一个人。

三局，他们只赢了一场。

"看到没？这就是专业水准。"比赛结束后，教练看着几人道，"我们还有两个月时间，你们就是配合没打好，闻烬个人意识太强，你们默契度不够，要么就闻烬配合你们打节奏，要么就你们所有人配合闻烬的节奏来，不然这样打意识太散了。"

教练把铜锣烧几人的毛病挑出来，训了有一个多小时，轮到闻烬的时候，教练憋了半天，只说了句："状态不错，继续保持。"

其他人：……

铜锣烧朝驴打滚小声说："教练是被阿烬打怕了。"

驴打滚点头："我也这么觉着。"

教练猛地回头："嘀嘀咕咕说什么呢？！"

闻烬开口："他们说你被我……"

话没说完，他整个人被铜锣烧和驴打滚架起来往外走了。

教练：……

回去之后，之前要闻烬赛区 ID 的战队女成员加了闻烬。

闻烬拒绝了。

铜锣烧知道后，整个人简直震惊到无语。他记下对方 ID，帮闻烬给重新加了回来，还劝闻烬："好好把握，以后说不准就是你的女朋友了。"

甚至还拉了两个人，陪闻烬和女生一起打了一场。

全场就听女生问："你怎么不开麦？"

闻烬不说话。

铜锣烧打圆场："他开了。"

女生："那怎么不说话？"

闻烬仍不说话。

铜锣烧笑着岔开话题："你们待会儿玩哪个位置？"

然而没人理他。

气氛更尴尬了。

女生又问闻烬："你平时就这么不爱说话吗？"

闻烬直接闭麦了。

铜锣烧抓了抓头发，他关掉语音后，朝闻烬喊："你跟她说说话啊！她明显对你有意思啊！"

闻烬面无表情地说："她妨碍我打游戏。"

铜锣烧：……

游戏结束后，女生约闻烬出来一起吃晚饭，还计划吃完饭一起看电影。

闻烬拒绝了。

铜锣烧抓狂地问为什么。

就听闻烬一本正经地道："我晚上要睡觉。"

铜锣烧：……

因为两个月后就是全国赛，一行人只松散了半天就投入到紧密的训练中。磨合了两个月之后，他们的默契度好了很多。

十一月底，他们出发去国外打全国赛。

也是这一场比赛，让闻烬一炮而红。

他们战队拿了第一名。

领奖台上，战队成员全部喜极而泣，教练兴奋得眼眶通红，唯有闻烬，面无表情地看着台下。他无法感知旁人的喜怒哀乐，自然体会不到这种又哭又笑的情绪。

而此时的他，也不过才十九岁，偏长的头发遮住额头，只露出一双情绪淡漠的眼睛，他鼻梁挺直，轮廓初具成熟线条，嘴唇抿着，气质冷酷。

摄像机将他淡漠的表情全部录了下来，他刚火那会儿，不少网友还称呼他为"淡定哥"。

直到后来闻烬开直播，越来越多的人认识他，也有越来越多的粉丝给他起爱称。

烬哥，火哥，阿烬等。

一到他直播的时候，屏幕上全部都在喊他的爱称。

但闻烬本人十足淡然，也不理会那些疯狂刷屏的弹幕，仿佛那些粉丝喊的人不是他一样。

赞助商有心将他打造成明星Player，但他从不跟粉丝互动，也不爱说话，赞助商的广告他只接了两个就不接了，问其原因。

他的回答只有一个字："烦。"

他去拍摄广告的地方会围满粉丝，她们不是疯狂地尖叫，就是往他怀里送花送笔要他签名，还要求合影。广告也拍了一次又一次，导演总觉得他的台词念得太没有情绪了，一次次需要重拍。

闻烬全程皱着眉，好不容易拍好，还私下里被黑粉说他耍大牌。

只不过，后来了解闻烬性子的人多了，大家也都忘了这一段插曲。

闻烬成名之前，每天起床第一件事就是打游戏。成名后，每天起床第一件事是跑步，然后回来开直播，打游戏。

因为基地有人因为长期熬夜打游戏造成全身瘫痪，教练专门开了个会，跟大家说，以后每天抽一小时锻炼身体。

铜锣烧几人就带着闻烬一起跑步，他们坚持了不到四天，就放弃了，只有闻烬，每天都坚持跑步。

久而久之，这成了他生活中的习惯。

直到他 25 岁那年退役。

他记得宣布退役那一年，台下有很多粉丝在哭。

铜锣烧几人哭得很厉害，不讨喜的教练也在哭，教练还给大家都送了礼物。

闻烬在一众哭声中显得特别醒目。

他记得当时铜锣烧问他："你不难受吗？"

闻烬摇摇头。

铜锣烧以为他不难受。

但其实闻烬的意思是，他不知道什么叫难受，也没有体会过这种情绪。

他只是想起了小时候去过的幼儿园。

在一众爱哭爱闹的小孩子里，他成了不会哭也不会笑的异类。

画面一转，他看见父母站在面前，恼火地质问他："你能不能正常一点儿？！"

CHAPTER 09

永 远 平 安
Safeness

闻烬倏地睁开眼。

脸蹭着绵软的毯子，他这才注意到，自己睡在婴儿房的地板上，正要起身，发现蒋婉正睡在他身边，一只手还环着他的腰。

他昨晚又梦游了，睡到了婴儿房里。

一周前收拾出来的婴儿房，里面已经放满了玩具。而他此刻，手里还握着一只毛绒玩偶。

是一只小泰迪熊。

是蒋婉挑的，从家具城里出来，他们路过玩偶店时，蒋婉被一排绅士又可爱的泰迪熊吸引，于是把那一整排的泰迪熊都买了回来。

足足有二十四只。

他小时候也有一只泰迪熊玩偶，还和手里的这只很像，只是少了红色领结。

闻烬对那只泰迪熊的记忆，只有父母将它送到他床上，拍了拍他的脑袋说："有它陪着你，好好睡觉。"

后来那只泰迪熊被放进了柜子里，再也没出来。

身后蒋婉摸了摸他的头发，刚睡醒的声音带着哑："你醒了？"

闻烬转过身，将她搂进怀里，低头亲了亲她的脸。

"你以前也有泰迪熊吗？"她含糊出声。

闻烬喉口声音更哑："有，跟这只很像。"

"你以前也抱着泰迪熊睡？"蒋婉问。

闻烬拧着眉道："没有。"

"今晚也要抱着泰迪熊睡吗？"蒋婉笑着问。

"不。"闻烬将她搂紧了些，"抱着你睡。"

"八点了。"蒋婉推他，"你不起来跑步吗？"

闻烬吻她的鼻尖："等会儿再跑。"

这个等会儿，一直等了一个多小时。蒋婉洗完澡在床上又睡了两个多小时，中午快十二点才起床。

她洗漱完，进了厨房打开冰箱看了眼，早上没去买菜，冰箱里只剩下一份五花肉，可能不够闻烬吃的。她轻轻打开闻烬的房间，他还在直播，桌上的杯子空了。蒋婉给他倒了杯温水，闻烬皱起眉。

蒋婉轻轻伸手戳了戳他的肩膀，在镜头看不见的地方冲他两手搭在头顶比了个心。

她闲下来的时候，在网上看了不少闻烬的比赛，后来就学会了手指比心和弯腰比心。

每次她做这个的时候，不论要求什么，闻烬都会答应。两人自从决定要生孩子之后，蒋婉就让闻烬少喝饮料多喝水，一天要喝八杯水，果汁只能喝半杯。

而她比心的时候，闻烬的唇角就会不由自主地上扬。

弹幕上粉丝都炸了：

阿烬在笑！是不是我们婉婉来了！

还用问吗！

嫂子！露个面啊！上次看你还是在你们出国蜜月的时候！呜呜呜！

每次婉婉进来，烬哥就不管游戏了哈哈哈！你看他站在那儿被人打死了……

哈哈哈笑死！老婆最大！

快看快看，烬哥在喝水！

我记得烬哥一直不喜欢喝水只喝饮料来着……

你们没注意到吗？刚刚我火哥还皱着眉，但不知道嫂子做了啥，他突然就开心了！嘿嘿想知道，嫂子刚刚干啥了？

我也注意到了！我也超级想知道！

闻烬喝完水看了屏幕，正好看到了这条弹幕，他把手里的杯子放下，看着镜头道："不能说。"

弹幕又疯了：

什么不能说？

什么是不能说的？

乖巧竖起两只耳朵！

啊啊啊！你们不要这样啊！我现在嘴角都咧到脚后跟了！

这是我不花钱就能免费看的吗？

蒋婉一听闻烬说话就有种不祥的预感，她偏头看了眼屏幕，就看见满屏都是各种害羞的表情，她心知大家肯定误会了，戳着闻烬的胳膊叫他赶紧解释。

闻烬又会错意，冲镜头道："别再问了，她要生气了。"

蒋婉：……

她深吸一口气，冲闻烬说："冰箱里没肉了，我去买菜。"

"我跟你一起。"闻烬摘了耳麦。

"别！"蒋婉冲他抬手，"你待在家里就好。"

闻烬："哦。"

弹幕上全都在刷：

烬哥好可怜！呜呜呜嫂子你就带他去吧！

哈哈哈笑死！！！烬哥被嫌弃了！

为什么不带烬哥一起？求问，想知道。

肯定是因为烬哥太火了，到处都有粉丝要签名。

加一。

闻烬看着屏幕说："因为之前买那个……"

他顿了顿，微微蹙眉："啊，这个不能说。"

已经走到门口的蒋婉听到这话，险些一个趔趄，她赶紧回来冲镜头解释："菜，他说的是菜，我们买菜，然后……就发生了一些争执。"

弹幕全在哈哈大笑，显然不信。

闻烬摇头："不是菜，是……"

蒋婉捂住闻烬的嘴，冲他挤出笑："走，我们一起去买菜。"

弹幕笑疯了：

到底是什么啊！看把嫂子急的！

我想我知道是什么了哈哈哈！

楼上求告知！

快说快说！

超市收银台附近的东西。

哈哈哈笑死！

我脑子里有画面了哈哈哈！

虽然刚过完年不久，但超市还是非常热闹，歌曲循环播放着《恭喜发财》和《新年快乐》，门口到处都是红灯笼，喜庆非凡。

他们过年那天虽然只有两个人，但过得很开心。

蒋婉买了蛋糕，说是为了庆祝两个人在一起过的第一个新年，所以蛋糕上写了两个人的名字，中间是一颗红色的爱心。

她给闻烬的礼物很简单，是一条手织灰色围巾，中间用黑色绒线绣了"闻烬"两个字。

闻烬很喜欢那条围巾，只要出门就会戴上，那几天直播也天天戴。

粉丝还没开口，他就将围巾上"闻烬"两个字露出来给大家看，然后冲镜头说："老婆送的。"

弹幕全都在尖叫着恭喜。

还有人问闻烬送了什么礼物给嫂子。

闻烬只是摇头："她不让说。"

弹幕又是一片"哈哈哈哈哈哈"。

蒋婉和闻烬是牵手进的超市，到了超市里，她就松了手，去推购物车。

闻烬走到她身边，将购物车接到自己手里，另一手牵着她，往冷柜区走。

卖猪肉的大妈看见两人，笑眯眯地招呼："还是老样子？"

蒋婉点头，笑着说："嗯，辛苦阿姨。"

大妈熟练地拣了块五花肉，又去拿一块上好的小排装好，最后挑出一块大排问蒋婉："这个行吗？"

"行。"蒋婉笑着指了指旁边的鸡肉丁，"再要点儿这个。"

"好嘞。"大妈给她装好，冲蒋婉问，"你老公做什么的啊？

你们每天看起来都好轻松啊。"

"打游戏。"蒋婉低着头还在挑肉，"不轻松的，他每天要打八个小时。"

大妈：……

大妈有些费解地看了眼闻烬，好好的小伙子，长得一表人才，怎么偏偏跑去打游戏，那不就是无业游民吗？

大妈看着蒋婉道："我能问一下，他每个月赚多少吗？"

每个月？

他每天光打赏就十几万甚至几十万，你要说每个月……

蒋婉没算过。

她摇摇头："我……不太清楚。"

"还是老老实实找份工作比较好，打游戏这个有点不太靠谱啊，你看，你都不清楚他一个月多少钱，那有可能还赚不到钱呢。"大妈很热心地劝告着。

"不会的。"蒋婉轻轻笑着，"他很靠谱，就算以后打游戏不赚钱，我也可以养他。"

"你这妮儿，真的是……"大妈冲蒋婉笑完，看向闻烬道，"你找了个好老婆。"

"我知道。"闻烬点点头，"不用你说。"

大妈：……

蒋婉：……

话是好话，就不知道为什么从闻烬嘴里一出来，就完全变了个味。

"阿姨，谢谢啊，我们走了。"蒋婉拿着称好价格的肉，推着车往外走，还戳了戳闻烬的胳膊，示意他赶紧跟上。

闻烬会错了意，冲大妈说："我可以养她，也养得起以后的孩子。"

大妈笑了："你看，你们之前不是说不生孩子的吗？"

蒋婉有些害羞："有个孩子也很好。"

闻烬微微蹙眉，他看着大妈道："你重点错了。"

大妈蒙了："啊？"

闻烬一本正经地说道："你应该跟我老婆说，'你找了个好老公'。"

大妈：……

蒋婉：……

你要不要拐这么个大弯！

还有，到底谁的重点错了啊！很明显是你啊喂！

蒋婉回家时接到以前高中老师的电话。

她有点诧异，也有点紧张，毕竟是之前教导过自己的老师，还对自己寄予过厚望，也在读书生涯中给过自己温暖的关怀。

之前家里的事情，闻烬没有再让她接触到，她被完全隔开了。

接到高中老师的电话，她的第一反应就是，老师会是为谁来求情的？

但她没想到，老师问的都是关于她的事情。

还问她有没有想过继续念大学，他可以帮忙。

蒋婉很感动："谢谢王老师，我这个年纪，已经不想再去念大学了。"

王老师叹了口气。

他虽然没说话，但蒋婉知道他这声叹息里所包含的内容。

无非就是：好好的苗子被毁了。

蒋婉以前也这么想，觉得自己的人生都被毁了，可遇到闻烬之后，她再也不会那样想了，她觉得自己很幸运。

她现在生活得很好，比所有人想象的都要好。她找到了生活的目标和方向，如今，正渴望拥有一个健康的孩子，未来是一片美好。

她已经没有任何遗憾，甚至不会怨恨任何人。

王老师听她这样说，感慨道："蒋婉，你要是念了大学，一定会特别优秀。"

"王老师，谢谢你对我的认可，我觉得现在很好，谢谢你。"

蒋婉挂断电话后，回想起自己的高中生活，跟闻烬简单说了说："那时候每天都是考试，做试卷，有很多同学不喜欢上课，总是在上课的时候走神发呆或是睡觉。老师就说，你们觉得上学辛苦，等你们出了社会就明白了，上学是最轻松的……"

"我很喜欢上学。"蒋婉说着不知想起什么，眼底的神采暗淡下来，"对我来说，上学是真的轻松，因为回到家……才是最累的。"

因为是女孩，从出生，她就不受待见。

爷爷奶奶重男轻女，封建思想根深蒂固，父母也深受影响。她出生那天，爷爷奶奶也就看过一次，没报喜，红包也没封一个，连红鸡蛋都没给亲戚发，总共坐了不到一分钟就走了。

母亲因为刚生完孩子，又没受到好脸色，常常边喂母乳边骂。

母亲骂自己不争气，生了个女儿；骂公婆没良心，骂自己男人没用；最后骂自己女儿，哭什么哭！

这些都是蒋婉开始懂事以后，隔壁邻居告诉她的。

家里的弟弟从出生起就被父母呵护着，爷爷奶奶也笑眯眯地时常过来走动，时不时就跪在地上，让弟弟骑大马。

蒋婉远远地看着，面上在笑，心里却有些涩涩的难受。

她隐约觉得自己的父母包括爷爷奶奶都不太公平，都太偏心，但她骨子里却又认可他们。

因为她从小到大被他们灌输的理念就是：男孩子才是一个家里最重要的继承者。

弟弟蒋涛将来要为父母养老，他们对他好是应当的。

而她理所当然的，应该在家里做些力所能及的事。

从她记事起，她就要早起洗衣服做饭，还要给蒋涛穿衣服，洗漱干净，送他上学之后，再跑步回到自己的学校。

家庭作业她从来都是在学校完成的。

因为在家里，她没法做作业，也没有任何私人空间和私人时间。

她的时间是大家的：她要做饭，要倒垃圾；要给蒋涛洗脸洗澡，要给爷爷和爸爸跑腿买烟买酒；回来要收拾蒋涛弄乱的房间和所有玩具，还要把蒋涛撕坏的书本一页页重新贴好；如果在冬天，必须守在炉子旁烧五壶水。

冰冷的冬季，大家用完全部的热水，没人想到她，而她只能冻得咬牙切齿地用冷水快速洗漱完。

因为再烧一壶水，要浪费半块煤炭，母亲不允许。而她也没有时间再熬下去，因为太困了，她怕睡在炉子旁，更怕炉火不小心把自己的头发烧了。

她的头发是刚念初中那一年被剪掉的，一直剪到底，卖了一百五十块。

她哭得很厉害，母亲只是说过几个月就长出来了，哭什么哭。

她觉得自己变丑了，很久都不愿意照镜子，去学校都低着头，学习更认真，也更加刻苦。因为老师说，知识改变命运。

她不想改变什么命运，她只想考个离家远的大学，离那个家远远的。

母亲也有对她好的时候，为她买新衣服，给她买新鞋子。

那段日子父亲红光满面，蒋涛也天天吃鸡腿啃鸡翅，身上甚至穿着带牌子的衣服。

后来，蒋婉才知道，爷爷住院了，父亲和姑姑几个子女凑在一起，把爷爷的遗产分了。

后来，在爷爷的葬礼上，蒋婉看见父亲和大姑、二姑、二伯几人哭得满脸是泪。

她只觉得讽刺。

她中考成绩很好，是那一片分数最高的，父母觉得脸上有光，这才让她去念的高中。

某天晚上她起来喝水，听到父母在聊天，才知道父母原本打算送她出去打工。工资都跟人家谈好了，一个月一千五，包吃住，每天工作十三个小时。

父亲还非常谄媚地跟人家说他女儿什么活都能干，只要给口饭吃就行。

还问人家有没有富二代介绍一个，说等蒋婉到合法结婚年龄，就把人嫁出去，礼金不要求太高，五六十万就行了。

蒋婉躲在门口听得心口发凉，门内的人却开始讨论蒋涛以后的婚事，要给蒋涛买房子娶媳妇，还得买辆车，话里话外都在为蒋涛打算考虑。

只有她，像是父母捡来的，没人在意她的死活。

蒋婉上学的生活费很少，她每天吃的也少，内衣小了也没钱换，卫生巾只用最便宜那一款。

高中很多女生都爱打扮，也知道爱美。

但只有她，只低头学习。

宿舍里的人知道她穷，偶尔也会露出轻视的表情，她全都当没看见。

这个世界，不只是她一个人这样穷困寒酸。

而且，这只是在学校，大家所拥有的都不过是父母给的，没必要自视甚高。

蒋婉高中住校，一个月回家一次。

她每次回家，要做的就是打扫卫生，把家里堆了好几天的衣服一次性洗干净，把父母和蒋涛的被单床单换下来，再把他们所有人的鞋子刷干净。她要忙整整一天半才能把这些事做完，而做完这些，刚好又到了去学校的时间。

因此，每次坐车去学校的时候，她的手上身上全是洗衣粉的味道。

她也有觉得温馨的时候，母亲会询问她在学校的生活，问她学习怎么样，考试难不难。

她后来才知道，母亲拿她的生活费打麻将打输了，没钱给她了。

最后让她带了一袋子的方便面去学校。

蒋婉在去学校的车上，哭了一会儿。

快到学校时，她怕路上碰到同学，没敢再哭。

她慢慢变得自卑。

学得越多，她越自卑，她开始察觉到自己和身边同学的巨大差距，那是原生家庭带来的，是她穷极一生也到达不了的高度。

她开始怀疑读书这件事的本质，真的能改变命运吗？

后来，现实告诉她。

改变不了。

即便她考上一所不错的大学。

命运依旧能将她击倒。

她记得高考完的那天，同学聚餐，同学的父母都穿着体面的衣服；而那群同学，脱了校服以后，穿着时下最潮最流行的衣服和鞋子，用着最贵的手机。

蒋婉出现的时候，身上还穿着校服，她没有手机，没有漂亮的裙子，手上没有亮晶晶的指甲油，她只是坐在角落里，安静地喝着她第一次喝的椰汁。

她甚至不明白，为什么同学聚餐，有人会买一个三层蛋糕。

她连生日都没庆祝过，更别提吃过那么大一个蛋糕。而同学们却拿着近千元的三层蛋糕互相砸着玩。

她舍不得砸，小口地吃，小口地抿。

她心里默默地想着：以后赚了钱，过生日的时候，也要给自己买一个这么大的蛋糕，希望是三层，也希望自己能买得起。她没想到，这个愿望实现起来，需要整整十年。

二月十七号，她生日当天，闻烬带她去餐厅吃饭，包了三十张餐桌。每张餐桌上都放着三层高的蛋糕，每一个蛋糕上都写着"祝蒋婉生日快乐"，蛋糕上的蜡烛从一根到三十根，代表蒋婉从一岁到三十岁。

蒋婉从进来那一刻，就处于极度诧异的状态，她看见蛋糕上的字，认出自己的名字，也看到后面几排桌子上摆满的蛋糕。

她却还是难以置信地问闻烬："你为什么买这么多蛋糕？"

"给你过生日。"闻烬拿出一根长长的火柴，将蜡烛点燃，冲蒋婉道，"快许愿。"

蒋婉失笑："你从电脑上看的？"

闻烬点头："我查了很多资料，看了很多视频，视频里的那些女生很开心，一直在笑，还会主动献吻……"

说到这里，他顿了顿，看向蒋婉，面露困惑："为什么你不吻我？"

蒋婉：……

餐厅被包了场，除了服务员没旁人，而服务员此刻都不在，只有他们两人。

蒋婉凑过去亲了亲他，踮起脚尖附在他耳边说："谢谢老公。"

闻烬偏头亲了亲她的脖子，低音炮似的声音质感醇厚："不客气。"

两人从第一桌走到第三十桌，蒋婉吹了三十遍蜡烛，整整许了三十个愿望，甚至还给闻烬的队友许愿，祝他们快点找到女朋友，因为她实在不知道该许什么愿了。

她如今生活美满，没有任何遗憾。

每天醒来时，看见身边闻烬那张脸，就觉得今天的空气都是甜的。

最终，蒋婉打电话叫了铜锣烧一行人过来吃蛋糕。

因为蛋糕太多了。

铜锣烧几人并不知道蒋婉过生日，到了餐厅，放眼看过去全是蛋糕，他们足足惊了数十秒，才冲闻烬竖起大拇指："阿烬是真牛。"

因为几天前的情人节，闻烬还在直播打游戏，粉丝都在弹幕上刷：

烬哥今天怎么没有带嫂子出去过情人节？

盲猜应该是晚上有活动！嘿嘿！

兴奋地搓手手，烬哥能不能透露一下，给嫂子准备了什么惊喜？

随后众粉丝就见闻烬抬头，很一本正经地说："我们不过情人节，我们不是情人，我们是夫妻。"

众粉丝：……

铜锣烧看了直播后，赶紧打电话告诉他："阿烬，情人节不是情人的情人节，是情侣的节日，也是夫妻的节日。"

"那为什么不叫夫妻节？"闻烬问。

铜锣烧：……

说得好有道理，他竟无法反驳。

最关键的是，蒋婉也赞同不过情人节。

因为她早上跟闻烬一起跑步的时候，路上遇到很多卖花的小姑娘，还碰到好多情侣在街上手拿玫瑰当街拥吻。闻烬有模有样地就要来吻她，被蒋婉拒绝说不可以在街上随便乱亲后，蹙着眉问她："为什么他们可以这样？我不可以？"

蒋婉：……

据铜锣烧所知，闻烬和蒋婉的情人节和往常没有什么不同。

因此，他根本不知道，蒋婉过生日，闻烬会买三十个蛋糕，会在同一天，把蒋婉以前的生日全补了一遍。

"姐姐，我们都不知道你过生日，也没给你买礼物，这样，你想要什么，我们给你补上，你看好不好？"驴打滚几人问。

铜锣烧也点头附和："对面就有商城，我们待会儿去逛一圈，姐姐喜欢什么就拿什么，我们来付钱。"

蒋婉摇头失笑："不用，你们帮忙把蛋糕分下去就帮了我大忙了，我什么都不缺，也不需要礼物，谢谢你们，心意我领了。"

铜锣烧几人狂吹赞美蒋婉：

"姐姐人美心善！"

"姐姐蕙质兰心！"

"姐姐温柔美丽！"

"姐姐牛！"

……

晚上的时候，铜锣烧几人还去了蒋婉的直播间，为她刷了礼物，不是很贵，不是因为他们经济方面比不上闻烬。

而是闻烬一直在刷礼物，从蒋婉开播那一刻，他就在刷。

"闻烬。"蒋婉小声喊他，"别刷了。"

"可是我不知道该送你什么了。"闻烬就坐在她边上，听到她说话，他便放下手机，转向她，"你跟铜锣烧说，你什么都不缺，那我该送你什么？"

蒋婉心底一暖，忍不住凑过去亲了亲他的脸："你已经送了我很多东西。"

闻烬看着她，眸色认真极了："蒋婉，你说直播的时候不可以接吻的。"

蒋婉：……

她就只是碰了一下他的脸而已！

弹幕全疯了：

啊啊啊啊！我听到了什么！

阿烬说他们在接吻哈哈哈笑死！

盲猜这次是嫂子主动的！

加一！

屏幕上一群粉丝都在刷再亲一个！

蒋婉脸红如血，她低声解释："没有，我们刚刚没有……"

闻烬凑过去吻住她的唇。

蒋婉面红耳赤地推他，却还是被他吻出了一点声音。

她羞愤欲死，脖子都红了。就听闻烬冲麦克风道："现在有了。"

弹幕又炸了，满屏幕刷：

嫂子内心：逃离地球，逃离闻烬。

蒋婉晚上睡觉的时候把自己蒙在被子里。

没一会儿，闻烬也钻进被子里，低声问她："你在干吗？"

蒋婉捂住眼睛："不想看到你。"

闻烬去亲她的脸："为什么？"

"因为你太坏了。"蒋婉被他亲得边躲边推他，"你走开。"

"我不走。"闻烬将她搂进怀里，下巴抵在她颈窝蹭了蹭，用醇厚质感的声音喊她，"老婆。"

蒋婉脸一红："少来这招。"

闻烬沿着她的颈窝吻到她的唇，每轻轻吻一下，就低低喊一声："老婆。"

蒋婉再也没法生气，只能环住他的腰，柔声说："以后不许那样了。"

"哪样？"闻烬根本不明所以。

蒋婉：……

植树节当天，蒋婉扛着小树苗和闻烬一起去公园种树。

小区里不少人都参加了植树造林的活动，还有社区组织去郊区植树，蒋婉没参加太远的活动，去了就近的公园。

她最近容易赖床，闻烬叫不醒她，常常他跑步回来，她还在睡。

闻烬好几次在咖啡店吃了早餐，又跑着去给她买小笼包和巧克力，蒋婉这么困，都因为他晚上闹得太晚。

白天她醒来时，就会"教训"他。

不让他靠近她，也不让亲亲，不让抱抱。

但是当闻烬从外面带好吃的回来时，她又会心软，主动过去替他擦汗："干吗跑那么远的地方买，门口不是有吗？"

"你喜欢吃那家店。"闻烬低头亲亲她的脸，"不要生气，我下次也给你买他们家的。"

蒋婉羞愤地瞪他："没有下次！"

闻烬："哦。"

公园门口围满了不少人，大家脚边都有铲子和桶，大多都是家长陪孩子来完成课外作业的，孩子的比例占一大半。

蒋婉安静地看着，跟在人群身后排着队慢慢进去。

门口除了卖挖土小工具的，还有不少卖吃食的，比如玉米烤肠烧烤什么的，还有棉花糖和冰糖葫芦。

蒋婉盯着冰糖葫芦看了一眼，转过去没多久，又回头看了眼。

太奇怪了，馋得口水要下来了。

大概是太久没吃了。

她第三次转头时，闻烬终于顺着她的目光看见了那边卖吃食的队伍，只是不清楚她想吃什么，便直接牵着她脱离队伍走了出来。

即便戴了口罩，闻烬过高的个头和那身白色运动装，也十分引人注目。

他牵着蒋婉出来时，整条队伍里的人都在盯着他看。

闻烬早就习惯了那些视线，只是偏头问蒋婉："你想吃什么？"

蒋婉伸手指了指冰糖葫芦："吃那个最高的。"

那上面全是水果，有猕猴桃、香蕉、哈密瓜、小番茄和草莓。

闻烬走过去付了钱，拿了两根，一根递给她，另一根打包装进袋子里提在手上。

"你不吃吗？"蒋婉咬住一颗裹着糖浆的猕猴桃吃进嘴里，说话含糊不清，"我可能太久没吃了，一看到这个……就特别想吃……"

闻烬拿纸巾给她擦嘴，蒋婉笑着把手里的冰糖葫芦往他面前送："你吃一口。"

闻烬摇头。

他没吃过这个东西。

"很甜的，你尝尝。"蒋婉还在极力推销。

闻烬一低头含住她的唇，将她口腔里还没来得及咽下去的糖浆裹进嘴里。

末了，舔了舔唇，得出结论："嗯，是很甜。"

蒋婉：……

她掐着他的腰，又舍不得使劲，连威胁都毫无威慑力，只能用一双羞愤的眼睛瞪着他："我跟你说了，不要在外面乱亲。"

闻烬："你让我尝的。"

蒋婉：……

"我明明让你吃这个，我还这样送到你面前。"蒋婉举着手里的冰糖葫芦辩解。

"我只看到你的嘴巴。"闻烬又低头亲了她一下，声音都有些沙哑了，"又软又甜。"

蒋婉：……

不少人都带了玻璃瓶埋在树下，里面装着给二十年后的自己的一封信，还有的是给子女留的信。

蒋婉没买玻璃瓶，只买了三只福袋。她在每棵树上挂了一个，希望三棵小树都能茁壮成长。

蒋婉和闻烬一人种了一棵，第三棵树是他们一起合力种的。

身边不少孩子都在欢快地挖土铲土，蒋婉种完树，安静地看了一会儿，随后走到闻烬身边问他："你喜欢男孩还是女孩？"

闻烬摇头："不知道。"

蒋婉牵住他的手，在落日的余晖下冲他笑得极尽温柔："回家吧。"

回到小区后，不知谁家正在做晚饭，浓郁的饭菜香气飘出来。蒋婉有些反胃，她拍了拍胸口，却没忍住，快进电梯之前，她跑到垃圾桶旁弯着腰吐了起来。

闻烬跟在她身后："你怎么了？"

蒋婉冲他摆手："没事，我就是……呕……"

她吐得眼泪都流出来了，胃酸上涌，连刚吃的冰糖葫芦都吐了个干净，身体也软得没力气，几乎跪在地上。

闻烬把她抱在怀里，伸手试她额头的温度："你生病了？"

蒋婉难受得厉害，蜷缩在他怀里，有气无力地说："回家。"

闻烬把她打横抱回家，蒋婉又在洗手间吐了一会儿，出来时，两条腿都在打战。

她去房间躺下，闻烬已经拿了车钥匙，正要带她去医院，就听见她说："洗手台上有东西，拿来。"

闻烬去洗手间，看到洗手台上放着三根验孕棒。

开始备孕后，他就查了不少资料，买了一盒放在家里，说明书也被他翻来覆去地看了很多遍，他知道两道杠是怀孕的意思，但是，今天是他第一次见蒋婉用。

还一次性用了三根。

他拿起一根看了眼，两道杠。

第二根第三根都是两道杠。

他跑到卧室，看着蒋婉说："两道杠。"

蒋婉很轻地笑起来："闻烬，我怀孕了。"

闻烬怔怔地看着她的肚子，此刻还平坦着，不久后，就会有一个属于他们的孩子降临到这个世界。

他把蒋婉搂进怀里，心脏跳得剧烈狂乱，他低头亲了亲她的颈窝，把手放在她的肚子上轻轻碰了碰。

他说："老婆，我们有孩子了。"

蒋婉的眼泪一瞬间掉了下来。

蒋婉休息了一会儿，这才和闻烬去医院做了检查。B超报告显示她已经怀孕，而且有五十天了，医生问她月经没来，不知道怀孕吗？上个月蒋婉有出血，当时她还以为是月经，没想到是先兆性流产，好在她身体素质不错，孩子没什么问题。只是抽血报告显示黄体酮较低。

医生开了叶酸片，让她满三个月去建档，再去社区递交资料等。闻烬在边上一一记下，眸色认真极了。

医生倒是第一次看见闻烬这么帅气的人，等蒋婉要走时，才问："你老公是明星？"

闻烬一直戴着口罩，只露出一双眼，但存在感太强，个头又十足地高，不论到哪儿都分外引人注目。

蒋婉摇摇头，笑着道："不是。"

闻烬见她脸色白得厉害，直接上前把她打横抱着往外走。

蒋婉推了推，有些不好意思："别，医院人多……"

闻烬将下巴搭在她额头轻轻蹭了蹭："你别乱动。"

隔着口罩，他亲了亲她的额头，声音很低："我想抱着你出去。"

蒋婉不再乱动，只是身边不断经过的护士和家属总会打量她，她索性只抬头盯着闻烬看，看他流畅利落的下颌线，看他颈间滚动的喉结。

他虽然没有表露出任何情绪，但蒋婉隐约感觉到，他心疼了。或许他从没体会过这种情绪，只知道自己想抱着她。

回到家之后，闻烬盯着 B 超单看了许久。

蒋婉以为有什么问题，便问他："怎么了？"

闻烬看了一会儿，才说："像个虫子。"

蒋婉：……

蒋婉的孕期反应有点严重，闻不得半点儿油腥，一闻就吐，吃东西只能吃水煮的，而且就算吃了水煮的，过不了多久也会吐出来。

她做不了直播，当晚回去的时候，还是闻烬登录她的账号，告诉了一众粉丝们，她这些天都无法直播了。

有粉丝问怎么了，闻烬对着麦克风道："我们有孩子了。"

弹幕一下炸了：

恭喜恭喜啊！烬哥和嫂子的孩子啊！

恭喜烬哥！我真的太开心了！这比我自己怀孕还高兴！

我也是！我太感动了！我现在一个人在房间里哭……

烬哥和嫂子一定要幸福啊！我好爱你们！

闻烬把账号底下的签名改成：近期有事暂时停播。

他退回来看了眼屏幕，冲一群粉丝说了再见，随后关了电脑。

蒋婉晚上只吃了水煮的东西，吃完又吐了，他去房间查了一会儿资料，出来到厨房照着资料做了一份面食。

没有油，只放了一点盐。

蒋婉吃了几口，她没什么力气，拿筷子的手都哆哆嗦嗦的。因为吐太久，又没吃什么东西，她全身上下都软绵绵的，没有半分力气。

闻烬把她揽在怀里，喂她吃了几口。

蒋婉硬撑着吃了小半碗，等闻烬一走，她又忍不住抱着垃圾桶吐了起来。

闻烬进来时，蒋婉吐得满脸是泪，她拿纸巾擦了擦眼泪，抬头冲他挤出个笑："我没事，就是好困……"

闻烬搂住她，亲了亲她苍白的脸。

她靠在他怀里睡着了。

闻烬去洗手间洗了毛巾过来给她擦脸，他去查过，孕妇的孕吐时间不一，有的从头吐到尾，有的只吐一个月，有的吐好几个月。

他不清楚蒋婉是哪一种，但不论哪一种，他都不想看见她那么痛苦。

"闻烬。"蒋婉睡得迷迷糊糊，睁开眼看见他还在，拉他躺在边上，钻进他怀里，整张脸埋进他胸口，用含糊的声音说，"好开心……"

闻烬无法形容此时此刻的心情，像是有一颗石子被投进心里，他听见胸腔里发出重重的回响声。

隔了许久，他才知道，那是他心跳的声音。

他不自觉把蒋婉搂紧，低头亲了亲她的头发，修长的手揽在她腰上，片刻后，又轻轻搭在她肚子上。

蒋婉怀孕不到四个月时，整个人瘦脱了相。她胃口很差，人也没什么精神，每天早上出来散步走动，回去都是闻烬抱着回去的，因为吐得实在没力气了。

闻烬的直播已经停了，当时宣布停播时，一群粉丝都表示很舍不得，但听闻烬说要照顾老婆之后，所有人又都羡慕起来。

她们虽然非常想看烬哥宠老婆的模样，但闻烬不开直播，她们也无缘看见，只能留下美好的祝福，和闻烬一起期待孩子的到来。

闻烬每天都在研究菜谱，咨询妇产科专家，为的就是让蒋婉吃下东西。

自从蒋婉怀孕后，都是闻烬在下厨。

但她吃不得油腥，所以闻烬都是清汤白水地煮给她，蒋婉吃什么，他也跟着吃什么。

白花花的面条，没有一点油水，偶尔是水煮蛋和水煮玉米。

他曾经看都不会看一眼的食物，如今吃的时候，连眉毛都没皱一下。

因为蒋婉闻不得油腥味，他甚至连着两个月都没能吃上一顿肉。

蒋婉有时候吐得难受，一抬头，看见他瘦得比她还厉害，又忍不住笑了。

"你不用管我，你可以出去吃你想吃的。"蒋婉有次吃完饭，看着他在厨房忙碌的背影说，"你看你瘦得肋骨都凸出来了。"

闻烬认真地说道："这样才公平。"

蒋婉哭笑不得："我不想要公平。"

闻烬把碗筷放进洗碗机里，转头看着她说："我不知道我还可以做什么。"

蒋婉怔了一会儿，眼眶有些烫，她轻轻笑着说："你做得很好了。"

好得让人心疼。

闻烬还是会梦游。

不过不像之前那样把冰箱里的东西翻个底朝天了，而是时常走进婴儿房里，将放在儿童床上的玩具重新摆一遍。

对于这个孩子，他的期待中，还掺杂着几分不安。

蒋婉几次打开婴儿房，看见他睡在地上，就会从房间里拿来毯子给他盖上，随后躺在他怀里，伸出手环住他。

闻烬在梦游中途醒来的次数也越来越多，但他每次醒来，总会看见身边的蒋婉。

他低头亲吻她的脸，动作很轻地将她抱到房间里，搂着她闭上眼。

他的梦里不再是孩童时期的冰冷与黑暗。

他时常梦到蒋婉，梦里他们在寂静的街道上，手牵手散步，身后跟着蹒跚走路的孩子，他看见梦里的自己转过身来，将孩子抱进怀里。

蒋婉轻声说着什么，他没听见。她停下来，为他整理头发和衣服，又理了理他怀里孩子的头发，随后笑着凑近，分别亲了亲孩子和他的脸。

阳光很暖，毛茸茸的一片洒下来，像一层金粉落在她的脸上，她的笑容温婉柔和，声音更是柔柔的。

她在唱歌。

怀里的孩子跟着咿咿呀呀地唱。

闻烬的心脏鼓动得厉害，他听见自己也在跟着唱，三个人的声音交织在一起，谱出一首幸福的乐章。

他睁开眼时，发现自己坐在沙发上不小心睡着了。

蒋婉枕着他的腿在睡觉，客厅里的音乐开着，她闭着眼，呼吸浅浅的，几个月来她一张脸瘦了许多，下巴都尖了。

他伸手摸了摸她的脸，低头亲吻她的额头。

蒋婉似乎被惊醒，从他腿上坐起身，捂着肚子说："闻烬，手给我。"

闻烬伸出一只手，她握住他的手放在腹部，闻烬察觉到有东西在动，目光愣怔地看着她的肚子，手指缩了回去，半晌又搭上去。

"这是……孩子在动？"明明查阅过资料，但真正面临这一刻，他仍有些愣怔。

蒋婉轻笑："是的，孩子在跟你打招呼呢。"

闻烬凑过去，很认真地冲她的肚子说："你好，我叫闻烬。"

蒋婉的产检，闻烬每次都会陪着一起去。

医院里不少孕妇都是自己一个人过来产检，有些有丈夫陪着过来，但他们也只是坐在那里打游戏，唯有闻烬，从蒋婉进医生办公室到出来都全程陪同。

如此贴心就算了，关键他还长得又高又帅，还是那种戴着口罩都挡不住的帅气。

他担心蒋婉被人撞到，总是会在出来的时候，把她打横抱着出来。次数多了，蒋婉也习惯了，她自备了毯子，把脸盖住，埋在他怀里，笑得眼睛都弯了起来。

做完四维彩超后，蒋婉拿着照片说："我觉得像你。"

闻烬看了一眼，照片是黄色的，胎儿的脑袋圆圆的，眼睛闭着，只看到鼻子和嘴巴，实在看不出像谁。

"像你好看。"蒋婉温柔地看着照片。

"你也好看。"闻烬从后搂住她，和她一起看着手里的照片。

蒋婉忍不住笑起来，伸手牵住他，两人十指交缠，亲密地依偎在一起。

闻烬父母不知从哪儿听说蒋婉怀孕了，两人大概一个月前在他们这栋楼买了房，半个月前搬了过来，现在每天都会煮点东西送过来，都是孕妇爱喝的鱼汤、排骨汤一类。

两人甚至把工作也迁了过来，每天除了忙就是做饭送过来给蒋婉吃。

四个月后，蒋婉的胃口开始慢慢好起来，她什么都想吃，闻烬父母常常把做好的饭菜送到他们家门口，连家门都没进过。

蒋婉偶尔碰到他们，也只是打声招呼。如果闻烬不愿意见到他们，她也不会自作主张把人请进家里，惹他不快。

送来的饭菜，大部分都被闻烬吃掉了。

饭菜里没有一点儿绿色，大部分都是肉。

蒋婉一开始还担心他会把送来的饭菜丢进垃圾桶，见他全部吃光，这才放心。

她不再孕吐之后，想去厨房做饭都不被允许。

如今，还是闻烬下厨。

蒋婉则在客厅里充当指挥官。

闻烬生日当天，铜锣烧几人照例过来给他过生日，就见闻烬穿着玫红色围裙，站在厨房里，一手拿着铲子，一手拿着调料瓶。

众人：……

铜锣烧震惊之余，拿起手机"咔嚓"两下拍下了闻烬此刻的模样，边拍边道："我得记录下来！我有生之年居然能看到阿烬下厨炒菜！"

他说着转头看向蒋婉问："姐姐，能吃吗？阿烬做的菜能吃吗？"

蒋婉失笑："能，很好吃的。"

"真的假的？"驴打滚几人像是围观奇珍异兽一样把闻烬团团围住。

半小时后，铜锣烧咽下嘴里的菜，一言难尽地看着蒋婉："姐姐，这叫很好吃？"

蒋婉笑出声。

闻烬每个步骤都是对的，就是不知道为什么，炒出来的菜非常的……难吃。

好在铜锣烧来的时候有所准备，买了不少冷菜，除了蛋糕，还有烧鸡烧鹅。驴打滚几人更是弄了桌火锅，一点菜都没有，全是肉和各种肉丸。

锅底是统一的清汤锅，大家各自备了酱料，一顿饭吃得很是欢愉。

吃完饭，铜锣烧提议去网吧打一场比赛。

闻烬面无表情地拒绝了，正要去找蒋婉，就见蒋婉已经到门口换鞋了。

"来啊！"蒋婉开心地冲他招手，"你好久没打游戏了，好不容易有朋友找你玩，快来换鞋。"

"姐姐英明！"铜锣烧几人欢呼。

闻烬这才去房间换衣服，几人开门出来，就见门口放着两个鞋盒，旁边还有一个袋子。

"这是什么？"铜锣烧拿起来看了眼，"小孩的衣服哎，谁放你们门口了？"

蒋婉猜到应该是闻烬父母送来的，便从他手里接了过来："给我吧。"

驴打滚帮忙把地上的两个鞋盒抱起来也送了进去。

闻烬换好衣服出来，看见鞋盒时，脸上一点表情都没有，甚至没打开看一眼，只是揽着蒋婉往外走。

其他几人都没多嘴去问什么，出来的路上一直兴奋地讨论待会儿打比赛的事情，他们有些人已经很久没打游戏了，聊起游戏，又是怀念又是激动。

"我现在没事还在看我们以前比赛的视频。"驴打滚长叹一口气，"欸，一晃，过去好些年了。"

"是啊，你看，阿烬家孩子都快出来了。"铜锣烧附和地笑，"兄弟们，你们也抓紧啊！"

"赶紧赶紧，到时候还能跟阿烬定个娃娃亲。"几人合计起来，立马拍手叫好，又转头问闻烬，"你觉得怎么样？以后我们做亲家好不好？"

闻烬淡漠地拒绝："不好。"

"为什么？"铜锣烧揽着他的肩，"这样，我们以后老了还可以天天串门，多好。"

闻烬看了他一眼："你们的孩子会很丑。"

"为什么？"驴打滚震惊道，"你什么时候还会算命了？"

闻烬看向他，认真地说道："因为你们丑。"

众人：……

杀人诛心！

蒋婉尴尬得要死，拉着闻烬就往前走，还掐着他的腰让他别再说话了。

一行人步行到不远处的网咖，这里一共两层，一楼是大厅，二楼有包间，他们选了包间。

进去的时候还引起不小的轰动，因为闻烬被认出来了，刷身份证的时候，他刚摘下口罩，大厅就有女孩子尖叫着喊他的名字。

"啊啊啊是闻烬！"

紧接着男生们也都兴奋起来：

"还真是！"

"他们来这儿干吗？打比赛？"

"不可能吧，不是退役了吗？"

"退役了也可以打啊，他们去年不是去上海打过吗？"

"不知道啊，哇，闻烬真人好高啊！"

女生这边有两三个人，早在认出闻烬之后就走了过来，也认出闻烬身边的一群人是 AY 战队的成员，于是更兴奋了，刚到跟前就冲他们喊："我好喜欢你们的！加油哦！"

铜锣烧几人笑得很热情："谢谢啊。"

几个女生要合影，他们也都非常配合。

闻烬却是连个眼神都没往那边移一下，刷完身份证，就揽着蒋婉往二楼的方向走。

几个女生一看他走了，扯了驴打滚手里的笔就往闻烬面前冲："烬哥！给我签名！"

她跑得太快，险些撞到蒋婉，闻烬眼疾手快地把蒋婉护在怀里，回头时，眉心蹙着，素来没有情绪的眼睛此刻泛着冷意。

女生被吓到，有些怯怯地说："对不起啊，我……"

她看向闻烬怀里的蒋婉，才发现，她的肚子微微凸起，俨然怀孕五六个月了。

"抱歉，我不是故意的，我……"女生不安地道歉，"对不起啊。"

蒋婉安抚地拍了拍闻烬的手，冲女生笑着道："没关系。"

她看向闻烬，声音轻轻柔柔的："给你的粉丝签个名吧。"

闻烬蹙着眉道："我不想签。"

女生知道自己刚刚太莽撞了，听到这话，难过得有些想哭，却还是忍着冲闻烬道："没事没事，是我刚刚有点儿太冲动了，对不起烬哥。"

铜锣烧几人过来，看到这个场面，纷纷劝女生回去。

因为闻烬的样子明显是生气了。

这时蒋婉下了几层阶梯，走到女生面前轻轻地推了她一下，在女生诧异的视线里，她轻轻一笑："好了，我们扯平了，以后你不要这么莽撞了，不然真的会撞伤别人的。"

女生这才回神："对不起，实在对不起。"

蒋婉看向闻烬，嘴角仍带着笑："现在想不想签？"

闻烬方才眼底的冷意，在这一瞬间被她的笑容稀释殆尽，他面无表情地看向女生，片刻后，冲她伸手："笔。"

女生万万没想到，会迎来这么个峰回路转，一时间眼泪都快激动得掉下来。她把笔和本子递过去，捂住嘴小声尖叫，等闻烬签完名，又是道歉又是道谢的，兴奋地走了。

铜锣烧几人更是看得叹为观止，因为当初闻烬打教练的时候，那个眼神和刚刚是一模一样的。

而且他们一致认为，刚刚的场面不管怎么圆，最终都会闹得不欢而散，却没想到，蒋婉三言两语就化解了，众人对蒋婉的敬佩又多了一层。

要知道，他们跟闻烬认识那么久，到现在都琢磨不透他的性子。

他不单单古怪，他对社交简直一无所知！

铜锣烧几人总担心他在外面会跟人打架，但是目前看来，闻烬只跟教练动过手。

而且，他惯常面无表情，对任何事都没有情绪变化和起伏。

如今，能让他有情绪起伏的人，大概只有蒋婉了吧。

刚到二楼，就有网管领着他们进了一个豪华大包间，里面有背对背的五排电竞座椅和电脑。

二楼都是包间，长廊里壁灯昏暗，有些像 KTV 的风格，有不少欧式风格的镜子嵌进墙壁里，墙纸上是各种游戏动漫人物，看得人眼花缭乱。

往里有台球室，最外面的大厅是柜台区，可以点餐，还可以点奶茶和饮料。

几人进了包间后开始商量怎么打。

蒋婉则是出来准备买点饮料给他们喝。

闻烬一直跟在她身后，蒋婉点了十杯鲜榨果汁，又要了十瓶饮料，最后给自己点了一杯红枣奶茶。

等待的时间里，她转身戳了戳闻烬的脸："怎么了？"

闻烬把她拉进怀里搂住，低声说："小时候，有人推我，我推了回去。"

蒋婉轻笑："很公平啊。"

"她告诉我，推人是不对的，别人推我可以，我不可以推别人。"他脸上没有情绪，可低低的声音，无端透出一种无助和落寞。

她？

这个"她"只能是他的母亲。

蒋婉怔住，似乎闻烬所有的心魔都来自他的父母。

他起初被世界抛弃，随后被父母抛弃。

他不愿接受这种社会规则，所以对外界封闭，打造自己的精神王国。

他要公平，他要公正。

因为，这是他的世界。

蒋婉环住他，心疼地说："如果你早一点认识我，我一定帮你狠狠揍那个推你的小孩。"

闻烬将下巴搭在她颈窝蹭了蹭："你认为我没有错是吗？"

"你没有做错任何事，怎么会有错。"蒋婉拍了拍他的背，笑着说："你不管做什么，我都支持你。"

闻烬一言不发地搂紧她。

铜锣烧几人出来就看到这一幕，纷纷捂住眼睛："哎哟，有没有搞错，就从家门口走个五百米到了网咖而已，不要搞得像生离死别一样好吗？"

蒋婉红着脸从闻烬怀里钻出来，冲铜锣烧几人招呼："给你们买了饮料，自己来拿吧。"

"谢谢姐姐！"一群人又欢呼着涌过来。

蒋婉拿着红枣奶茶走进去的时候，突然问闻烬："为什么你不叫我姐姐？"

闻烬看了她一眼："为什么你不叫我烬哥？"

蒋婉：……

等其他人走进包间，蒋婉小声地凑到他耳朵旁："烬哥。"

闻烬停住脚，单手揽住她的腰，把她往怀里带了带，低声说："你不要喊。"

"为什么？"蒋婉不明所以，故意踮着脚在他耳边喊，"烬哥烬哥烬哥……"

闻烬眸色都变深了，他拉着蒋婉走出来，刚过拐角，就把人压在墙上吻了下来。

蒋婉：……

好吧，她好像知道为什么了。

铜锣烧几人已经划拳分好队伍，他们一共八个人，一组五个，多出来的三个跟闻烬一组，还缺一个人。

众人把目光放在蒋婉身上。

蒋婉：……

她吓得赶紧摆手："我不行的，我什么都不会。"

"没事，有阿烬在。"铜锣烧拍了拍座椅，"来吧。"

蒋婉看向闻烬，又看向铜锣烧："不行，你们这是欺负他。"

铜锣烧笑得好不得意："我们欺负他？开玩笑，他一个人顶五个人，姐姐，你就当行行好，拖累他一下，让我们赢一把。"

驴打滚几人都笑疯了："哈哈哈！兄弟们！崛起的时候到了！"

"干掉闻烬哈哈哈！"

蒋婉还想再说什么，闻烬已经拉着她在电竞椅上坐下，他就坐在她边上，戴上耳麦之前，冲她道："我教你，很简单的。"

蒋婉心里放松了些："好。"

"阿烬，你开直播吗？"开局之前，铜锣烧问。

闻烬摇头："没开。"

驴打滚提议："你开吧，也让我们几个露露脸。"

闻烬想了想，登录了直播平台账号，随后进入游戏。

闻烬丝毫不知道，短短几秒，他的粉丝就争相奔告，不到两分钟，就聚集了好几万人围观他的直播。

蒋婉没有游戏账号，铜锣烧借了旁人的号帮她登录了，这才进入匹配队伍中。

闻烬大概是第一次跟蒋婉坐在一起打游戏，目光不自觉地看向她。

蒋婉则是好奇又紧张地看着眼前的电脑屏幕，那些千奇百怪的英雄人物，包括复杂的ID，都是她看闻烬比赛的时候出现的，现在这种参与感让她很是兴奋，一双眼里时刻闪着光亮。

她的 ID 很搞笑，叫一腿毛。

闻烬问她要不要换 ID，改名卡有好几张，她摇摇头，笑着说："这个名字好好玩。"

闻烬直播间的粉丝，只看到他本人以及他身后的电竞椅，听到蒋婉的声音，才惊觉闻烬是跟蒋婉在一起组队打游戏，登时在弹幕上嗷嗷狂叫起来。

铜锣烧几人打开手机观看闻烬的直播，看见弹幕上有人在问嫂子是哪个号，便朝闻烬的方向喊："一腿毛是你们嫂子。"

弹幕全部笑疯了：

哈哈哈一腿乇！

不愧是嫂子！哈哈哈一腿毛笑死！

生日快乐！没想到烬哥开直播了！

应该不是嫂子的号吧，嫂子会打游戏吗？想知道你们在哪儿？

像是在网吧。

阿烬生日快乐！

我听到铜锣烧的声音，烬哥是不是跟以前战队的队友在一起啊？

我也听到了。

为什么带嫂子打游戏啊？

烬哥生日快乐！祝你幸福！

闻烬没看弹幕，铜锣烧几人代答："因为今天阿烬生日，所以我们一起出来组队玩一场。"

"选绿色的森林之女。"闻烬选完英雄，指导蒋婉选了个辅助，又教她把手指按在键盘的四个键上，"你如果左手不习惯，就把键盘放左右手边，把鼠标放左手的位置。"

"这个怎么乇？"蒋婉在键盘上适应着敲打起来。

"你就学一个键就好，R 键，当队友没血过来的时候，你长按这个键，不要动就可以。"闻烬把她的手指按在 R 键上，又叮嘱了一遍，"记住这个键，可以不需要动鼠标。"

"好。"蒋婉听话地练习，又冲他笑了起来。

闻烬偏头问："笑什么？"

"感觉很奇妙。"她笑着去按 R 键，"原来跟你打游戏是这样的感觉。"

"什么感觉？"闻烬问。

蒋婉笑着不说话。

游戏已经开了，队友已经买好装备出发了，他们打的决战之谷是一条单线。

"买商店推荐就好。"闻烬买了装备，按了 B 键，从水晶传送到了塔下。

蒋婉没看清他怎么操作的，自己操纵着英雄人物慢慢走了过去，边过去边问："你怎么那么快？"

"没事，你慢慢过来。"闻烬一下来，就躲开对面的两个技能，新手要是传送过来，估计刚落地就要死。

其他队员点了灯，开始对线打了起来。

蒋婉正要跟上，被闻烬制止了："你在塔下就好。"

"哦。"她站在塔下，亲眼看着闻烬操纵着英雄人物先清兵，点掉对面的灯，再干扰对面几下，突然回来，等 CD（技能冷却时间）缓好，又去干扰对方。

其他三个人的血量不多了，只能在塔下徘徊，他们都是长手英雄，也只能清个线，血量太少，谁都不敢冲上前。

虽然他们是五个人，但蒋婉不会玩，所以，严格算起来，只有四个人。

决战之谷又是单线，一上来就要对战的打法，四个人对五个人，劣势非常明显。

但闻烬总能逆风翻盘。

蒋婉熬到四级之后，他就教她开大，给队友加血，又教会她使用技能，能将人控住。

一场游戏打下来，蒋婉玩得特别开心。她知道四个技能，也知道怎么放，就是速度很慢，还有就是技能会丢歪，但是大招不会。

因为闻烬让她站定不动开大，这样，她不管开在哪儿，闻烬都会主动走进她的大招范围里回血。

"搞没搞错，这样还能输？！"铜锣烧抓着头发叫唤，"你们行不行啊？！"

驴打滚甩锅："都说了让你撤退，先清兵，你不清兵！"

"我都说了阿烬速度很快的，你不拦着他，我们的水晶马上就没了！"铜锣烧喊回去。

"别怨我，要怪就怪你太菜。"

……

闻烬偏头问蒋婉："好玩吗？"

蒋婉点头："再打一局吧。"

"好。"闻烬坐好，冲铜锣烧几人道："再玩一局。"

铜锣烧：……

什么叫再玩一局，分明是再虐他们一局吧！

玩到傍晚，一行人才解散，果然不出铜锣烧所料，他们被完完全全地虐了一下午。

一局都没赢！

直播间的弹幕上全都在哈哈哈：

笑死！铜锣烧要气死了！

我也快笑死了，他刚刚好不容易杀了闻烬一次，笑得跟花果山的猴子一样。

你没看到吗？何烬在喝果汁，故意站那儿不动才被他杀死的哈哈哈！

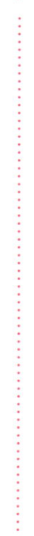

谁没看到？就铜锣烧没看到，驴打滚还告诉他了，哈哈哈我不行了，笑疯了！

闻烬打完游戏，才回到直播界面。

蒋婉凑过去冲镜头挥了挥手："嗨，好久不见。"

铜锣烧几人也凑了过去，一起跟粉丝们打招呼。

弹幕炸了：

哦！嫂子美如画！嫂子皮肤好好！

烬哥和嫂子太配了！你们刚刚打游戏的对话，我能记一万年！

爱了爱了，烬哥以后不打游戏可以开直播让我们看看你们的生活日常吗？我刚刚看你们打游戏的时候，嘴角都咧到脚后跟了！

加一加一！我也想看烬哥和婉婉的日常！

他们俩好甜啊！

铜锣烧好可爱啊！想嫁！

铜锣烧发现这个弹幕，笑着道："那位说想嫁给我的，麻烦你待会儿加我。"

驴打滚顺势打广告："我也单身，有没有想嫁的！"

弹幕上一片：

不想！

丑拒！

没有，下一个！

驴打滚：……

铜锣烧笑得眼镜都快掉下来了，拍着驴打滚安慰道："算了算了，不跟她们见识，她们离你太远，要是站近点儿，会发现你更丑。"

驴打滚作势要拿鞋去抽他。

铜锣烧哈哈大笑着跑远了。

"走了。"闻烬直接关了直播，拉着蒋婉往外走。

"晚上吃什么？"蒋婉牵着他的手，靠在他肩上问他。

闻烬偏头问："你想吃什么？"

蒋婉歪头想了想："算了，我们先去超市转转。"

"嗯。"

蒋婉出来时，把饮料瓶装进垃圾袋里扎好，提到楼下，扔进可回收垃圾桶里。

在门口抽烟的网吧老板看见这一幕，有些惊奇地说了句："你还是第一个来网吧上网，还把垃圾带走的人。"

蒋婉回头礼貌地笑笑，什么都没说，挽着闻烬的胳膊，亲密地靠在一起走了。

铜锣烧几人走在后面，看见两人甜蜜的背影，无不艳羡。

"我们什么时候能找到像姐姐这样脾气温柔性格好到爆的女朋友啊？"驴打滚慨叹。

铜锣烧叹气："好羡慕阿烬。"

"他俩看着不太搭，但是又特别搭，你们能听懂我什么意思吗？"

"说人话。"

"人话就是我羡慕他俩。"

铜锣烧几人晚上还有事，跟闻烬蒋婉道了别，一行人就走了。

临走前冲蒋婉说："孩子出生那天要喊我们啊，我们去看你。"

蒋婉笑着挥手："好，再见。"

"我觉得你运气特别好。"铜锣烧几人走后，蒋婉牵着闻烬的手说，"遇到他们这群热情开朗的朋友。"

闻烬点点头："你的运气也很好，遇到了我。"

蒋婉：……

"闻烬，你知道什么叫谦虚吗？"她笑着去掐他的腰。

"知道。"他神色正经极了，似乎没听明白蒋婉在揶揄他。

蒋婉看他表情认真，忍不住笑出声。

两人刚进超市，就看见闻烬父母买完东西出来，两个人都很匆忙的样子，买的都是做实验用的一些手套和一次性杯子。

他们离开研究所之后，在住房里打造了个小型的实验室，货车来了好几次，搬上搬下地抬了不少仪器。

还有助理模样的人过来帮忙抬着几个箱子，但是她没有看到透明玻璃箱，大概他们的研究领域换了方向，也或许是搬家的缘故，做不了之前的研究。

他们买完东西出来，闻烬只是面无表情地喊了声"爸妈"，随后一手推着购物车，一手牵着蒋婉进了超市。

两人随意逛了逛，买了些肉食，还买了只烤鸭。

卖肉的大妈见她过来，总是高兴极了，殷勤地给她称肉装好，再聊上几句。

"这戒指漂亮，不少钱吧？"大妈儿子也正谈婚论嫁，马上就要考虑买戒指，之前就见蒋婉手上戒指好看，今天离近看，发现钻特别大，闪闪发光的特别好看。

"嗯。"蒋婉笑笑，不知道该怎么告诉她那个惊人的数字。

大妈又问："超过一万吗？"

蒋婉点点头："嗯。"

"哎哟，这么贵啊。"大妈想了想，问她，"你们结婚的时候，你老公给了多少礼金啊？"

"他工资卡都给我了。"蒋婉老实回答。

"工资卡？那他这些年攒不少钱吗？"大妈又看了眼闻烬，实在无法想象一个长得这么好看的男人，竟然每天无所事事地在家打游戏。

"还行。"蒋婉轻笑，"足够我们以后生活了。"

"那很厉害了啊。"大妈夸赞道，"想不到他还挺能赚钱。"

大妈的儿子正好过来送饭，把饭盒递过去，转身就要走，结果一眼看见闻烬和蒋婉，顿时大叫起来："烬哥？！"

闻烬皱着眉看向他。

蒋婉也被这一声吼吓了一跳，她抱着肚子往后退了一步，被闻烬揽在怀里。

大妈走出来，一巴掌扇在儿子脑袋上："你叫什么叫？！"

"妈！烬哥！烬哥！我烬哥一直在你这买肉？！"她儿子明显亢奋到不行，"你之前跟我说有个帅哥和他老婆经常来买肉说的就是他？！这是烬哥啊！"

大妈又拍了他一巴掌："你给我小点声！"

她儿子这才淡定下来，只是看向闻烬的视线还是灼热的："烬哥，我仰慕你，啊不是，我敬佩你，我太喜欢你了，你给我签个名，哎哟，没带东西，来来来……"

他直接转过身，把背对给闻烬，指着自己的背说："签我衣服上。"

又去喊他妈："妈！快点，给我找支笔！"

大妈不明所以，又觉得儿子丢人，但还是顺从地找了支笔出来递给闻烬，又问蒋婉："什么情况啊？你老公是明星？"

"不是，他就是打游戏比较厉害，然后很多粉丝喜欢他。"蒋婉温柔地笑着，"看来，你儿子也是他粉丝。"

"烬哥！你什么时候直播啊，我每天都看你打游戏的视频，你真的太帅了！"签完名，大妈的儿子还有些亢奋地跟闻烬说话。

哪知，闻烬面无表情地牵着蒋婉转身就走。

……

蒋婉冲大妈和她儿子挥手："再见。"

走远了，还能听到大妈和她儿子的对话："你什么情况？真丢人！"

"那是烬哥！妈你不知道他有多火，他真的特别火！你知道他一天直播多少人看吗？他最火的时候，上千万的人都在看他直播……"

"我不知道，我就知道他是个打游戏的，这东西能赚多少钱，你可千万别跟他学……"

"赚多少钱？！你知道他一天直播多少钱吗？！光打赏就抵你好几个月的工资！"

"什么？一天？！"

"对！一天！"

"儿子，你扶我一下，妈的脚有点软……"

两人回到家，在门口又看到闻烬父母送来的鱼肉汤。

蒋婉开门，闻烬负责把饭菜端到餐桌上。

鱼肉是片过的，没有刺。

口感不辣，糯糯的，带着点儿番茄汤的甜味，很好吃。

"不做饭了吧，就吃这个。"蒋婉把烤鸭拿到厨房装盘，又把调好的酱料倒进碟子里。

闻烬把烤鸭和酱料端到餐桌上，倒了杯牛奶和橙汁过来。

还有没吃完的蛋糕也被蒋婉拿了过来，她重新切成一个三角形小块，插上蜡烛，点燃放在闻烬面前，笑着说："生日快乐。"

这是他们在一起后，闻烬过的第二个生日。

白天闻烬的队友都在，一行人很是活跃气氛，蒋婉都没机会跟闻烬说一句生日快乐。

眼下夜幕降临，客厅只剩两个人，静谧以外，只剩下浓烈的温情。

闻烬重新开始直播，只是直播时间很短，一天只有四个小时。

他早上要陪蒋婉一起出门散步，回来再两人一起去超市买菜，再次见到卖肉的大妈时，她边上都站着她儿子。

蒋婉挑肉时，听大妈说她儿子自从见过闻烬之后，每天都说要来帮忙，她撵都撵不走，每天都快气死了。

蒋婉轻笑。

九月份，天气愈发热了。

蒋婉躺在洗手间的躺椅上，身后闻烬坐在凳子上，给她洗头发。

她现在肚子大了，弯着腰常常觉得喘不过气，时常都是洗澡的时候洗头发，但闻烬担心她摔在浴室里，即便铺了很多防滑垫，依然不放心她一个人在里面洗澡。

因此，每隔两天，闻烬就会带她到洗手间，给她洗头。

蒋婉有些嗜睡，常常闻烬给她洗完头，起来一看，她已经闭着眼睡着了。

她长胖了些，皮肤更白了，脸上肉肉的，闻烬伸手摸了摸她的脸，又摸了摸她高高鼓起的肚子。

孩子踢了他一下。

蒋婉被惊醒，睁开眼看见是闻烬后，软声咕哝了句什么，又闭上眼睡了。

临近预产期比较难熬，蒋婉夜里总会腿脚抽筋，疼得眼泪都掉下来，就是不肯喊一声。

好在，抽筋只出现不到四次。每次身边都有闻烬在，蒋婉第一次腿抽筋的时候，他还不知道该怎么办，夜里三点打电话找医生。后来第二次的时候，他已经学会怎么帮她缓解抽筋了。蒋婉每天维生素补充得并不少，钙片在吃，牛奶也都在喝，或许是因为后期孩子吸收太快，她体内的营养跟不上，这才导致身体抽筋。但她没有水肿，也没有耻骨痛，总的来说，这个孩子并没有让她特别辛苦，她每天都觉得很幸福。

中秋节那天，她和闻烬照常出门散步，却在门口遇到蒋涛。

他手里牵着个孩子，那孩子不吵不闹，睁着眼睛看着小区里进进出出的人，小小的手里攥着一块棒棒糖，时不时舔一口。

看见蒋婉出来，蒋涛上前，把另一只手里提着的月饼和几个袋子递过去："姐，这个……给你的。"

他看向闻烬，有些拘谨地喊了声："姐夫。"

闻烬面无表情地看着他，目光又落在他身边的孩子身上。

那孩子被他这样看着，也不害怕，手里的糖还往闻烬面前送。

蒋婉接过袋子，看见里面还有一个红包，抬头看向蒋涛："给我这个做什么？"

"那个是给外甥的。"蒋涛有些不好意思地挠头，"不是很多，我马上去外地打工了，这次过来看看你。"

蒋婉没说什么，微微低了低身子，跟他的孩子打招呼："嗨。"

小孩子冲她笑了笑，拿糖送到她嘴边，用软糯稚嫩的声音说："吃。"

蒋婉摸了摸他的脑袋："真乖，姑姑不吃。"

这个孩子和蒋涛长得很像，蒋婉没来由想起很多小时候的事，她不能蹲太久，没一会儿就站起来，冲蒋涛问："你一个人带孩子去打工？"

"没事，那边有同学，我以前同学在，他那边工作不是很忙，我有时间，我可以照顾好他。"他到底有些没底气，说话都有些语无伦次了。

"你已经这么大了，自己的责任和义务，就自己去完成吧。"蒋婉收了月饼和那几个袋子，回到家，给侄子包了厚厚的红包，出来塞进孩子手里。

"姐……"蒋涛想拒绝，抬头见到蒋婉的表情，知道她不会收回去，便低着头说，"谢谢。"

他眼眶很快泛红，他知道自己从前做过很多混账事，他无比痛恨过去的自己和现如今自己不成器的样子。

"姐……你和姐夫好好的，我明年过年的时候再回来看你。"他哽咽着说完，抱起还在吃糖的孩子就走了。

蒋婉在原地站了一会儿，看着蒋涛坐上公交车离开，才牵着闻炽的手去散步。

到底因为白天的插曲，后来接连几个晚上，她都梦见了小时候。

梦境里都是蒋涛，他哭闹着发脾气，拿手里的各种玩具砸她的脸。她被砸到眼睛哭了，他就得意地笑，还跑去告诉母亲："我砸到姐姐眼睛了！"

母亲只是说："不能乱砸人，幸好是砸到你姐，砸到旁人我们可赔不起。"

"哦。"蒋涛点点头，回来变本加厉地拿东西砸在蒋婉身上。

她吃痛地捂住脸，眼泪爬了满脸。

是疼的。

嘴里却不敢训他，担心被母亲辱骂，蒋婉只能小声劝他："别砸了，小涛，姐姐疼。"

蒋涛很快发现别的好玩的，放过她之后，跑出去疯了。

他从一年级到五年级的作业都是蒋婉帮忙做的，她耐心教他，他不听，他们镇上的老师总爱让学生罚站，蒋涛被罚站过好几次，回来跟母亲哭诉，后来他的家庭作业就成了蒋婉的家庭作业。

她每天有忙不完的事，洗衣做饭，刷鞋子洗床单，做完自己的功课，还要去做蒋涛的，偶尔还要应付蒋涛的调皮捣蛋。

蒋涛在外面被人打了，回来总第一个找她撒气。

她记得有一天自己发烧不太舒服，被他打了几下，躲在被子里哭起来。

后来，蒋涛从外面拿一根冰糖葫芦递给她。

她听见他说："姐，别哭了，给你吃好吃的。"

她哭得更大声，头疼，肚子也疼。

梦一下就醒了。

闻炽正揽着她，大手安抚地拍着她的背："婉婉，是梦，不要哭。"

蒋婉捂着时不时发紧的肚子，艰难地冲他道："闻炽，我要生了，去医院。"

闻炽怔了怔，看向她的肚子。

"别担心，没事。"蒋婉握住他的手，反过来安慰他，"你别着急，你去开车，拿身份证和钱包。"

闻炽起身走了出去，待产包早就备好，病床和医院也都提前预约好了，他现在需要做的就是把蒋婉带到医院里。

蒋婉的羊水已经破了，她怕吓到闻炽，没敢说。

自己起来换了身衣服，咬着牙忍着阵痛，去洗手间洗了脸刷了牙。

此时不过凌晨五点。

她戴上计时手表出来时，闻烬已经把待产包和毯子都拿到车上了。

"能走吗？我抱你？"他显然不知道能不能抱她，眉头皱着，声音有些无措。

"不用，我走慢点。"蒋婉靠在他怀里，"你扶我一下。"

闻烬起来开车的动静，惊动了他的父母。两人大概年纪大的缘故，每天晚上只睡不到四个小时，其余时间就是搞研究做实验。

闻烬开车出来时，李彩听见熟悉的车声，透过窗户一眼就认出闻烬的车，她转身急急忙忙就去拿包："阿烬开车了，蒋婉估计是要生了，快，我们快点。"

蒋婉坐在车上时，还比较能忍，到医院时，浑身都是汗，她嘴唇都被咬出血了。

医生见她裤子都湿了，喊护士来抬她到移动病床上："她羊水破了，先看看她开几指了。"

闻烬跟着进去，却被护士拦下："欸！你不能进。"

"我要进去。"闻烬整张脸冷得吓人。

蒋婉去碰他的手："没事，你在外面等就好。"

她不愿意让他看见她待会儿痛苦的样子。

闻烬听到这话，俯身过来吻她的唇，他低声喊她的名字，声音有些不安："蒋婉。"

"我在。"蒋婉挤出笑，"很快的，我马上就出来了。"

门被关上，视线被隔断，闻烬只看见浆色的门。

他的父母来得有些匆忙，两个人都穿着拖鞋，只拿了钥匙和钱包。

这个天气还有些冷，两个人连外套都没穿，急急忙忙地赶过来，还不忘安慰闻烬："没事，我们在这等。"

闻烬不知听没听到，直直站在门口。

整整过去三个小时。他眼睛眨也不眨地盯着产房，医生出来时，他的额头已经浮起一层汗，脚步也有些虚浮。

身体像是失了控，四肢都不听使唤，耳边的声音缥缈朦胧，他隐约听到孩子的哭声。

但当医生把孩子交给他时，他却迟疑地不敢伸手去抱。

闻烬的父母接过孩子，冲医生道了谢，随后催促闻烬："快去看看婉婉。"

闻烬的意识这才归拢，医生已经推着蒋婉出来，她满头都是汗，眼眶也很红，似是哭过，但她脸上带着笑，眼底更是柔软一片。

他握住她的手，问："哭了？"

蒋婉笑着点头："有点疼。"

"我查过，特别疼。"他亲她的唇，"对不起，让你哭了。"

蒋婉眼眶又要红，她轻轻咬了他的嘴唇一下："好了，这下公平了。"

闻烬捧住她的脸，又吻了吻。

孩子很像闻烬，身体红通通的，小手小脚，蒋婉盯着看许久，边看边笑："好小啊，你看看。"

闻烬看了眼，看不出像不像他，只知道，看见蒋婉抱着孩子的这一幕，他胸腔里的满足感又多了一层。

那种安宁的满足感，让他的内心奇异地平静下来。

孩子起名叫闻永安。

取的永远平安的意思。

刚出生的孩子比较折腾人，夜里总要醒几次，扯着嗓子哭。

不是饿了就是尿了拉了。

蒋婉睡眠不足，闻烬帮着换尿不湿，常常这边刚换完，抱到床上不到一分钟，孩子就又拉了，哭声震耳欲聋。

他只好轻手轻脚地抱到洗手间，先给永安擦干净，再重新换上新的尿不湿。

闻烬父母想帮忙照顾一下孩子，蒋婉拒绝了。

如果让闻烬看着从前不疼爱自己的父母，对着他的孩子百般呵护疼爱的话，那会是什么滋味？

她不愿想象。

她也没有找月嫂，凡事都亲力亲为，她喜欢孩子，也享受照顾孩子的快乐。

晚上一家三口躺在床上，孩子睁着眼睛看着她时，她就会笑着教他喊："爸爸，妈妈。"

孩子"哦呀"地叫着，她只觉得可爱至极。

闻永安长得和闻烬很像，他皮肤很白，眼睛大大的，小胳膊小腿全是肉，白白胖胖很是可爱。

他刚会爬时，最喜欢爬到闻烬的房间，爬到那座电竞太空舱里。

闻烬见他喜欢，便抱着他坐在电竞椅上打游戏。

直播间里的粉丝看见闻烬抱着孩子打游戏，全都疯了一样在叫：

嗷嗷嗷！烬哥！帅惨了！嗷！

烬哥儿子好可爱啊！救命啊！

闻永安被闻烬扣在胸口，他看见闻烬操控键盘的时候，自己就会伸出胖嘟嘟的小手去拍打键盘。

闻烬的英雄人物就会原地乱放技能，最后被敌方杀死。

耳麦里就会传来闻烬的声音："你想玩？"

众粉丝惊呆。

就见下一秒，闻烬将键盘放在闻永安的怀里，随后单手操控鼠标，一手按着闻永安的手指操控按键。

弹幕笑疯了：

看到没？我烬哥的儿子就是不一样，才半岁多就会打游戏了！

这可能就是家族遗传哈哈哈！

对面可能在想，今天烬哥发挥有点儿失常，烬哥内心：抱歉，是我儿子在打。

哈哈哈笑死！

闻烬游戏打到一半，蒋婉开门进来，看到这一幕，简直哭笑不得。

她出月子就开始瘦，即便每天五顿营养餐，她还是照着一个月瘦五斤的速度在瘦。

如今只比孕前胖了七八斤，看不出半点儿臃肿，反而皮肤白了些，脸色圆润，显得更为秀丽温婉。

她给闻烬倒了杯果汁，转身准备出去的时候，闻永安朝她张手，嘴里咿咿呀呀地叫。

"不跟爸爸打游戏了？"她笑着问，上前解开闻烬身前的按扣，把闻永安抱在怀里。

弹幕上又叫唤起来：

哇哦！一家三口绝美画面！

"跟爸爸拜拜？"蒋婉哄着孩子，忍不住在闻永安脸上亲了亲。

闻烬突然抬头看向蒋婉。

蒋婉：……

她抱着孩子，看了眼弹幕，又看了眼闻烬，最终轻叹一声，走到他面前，在他脸上亲了一下。

蒋婉冲粉丝们笑笑，然后抱着孩子出去了，闻烬把游戏打完，说了声不打了。

弹幕都在问他是不是要去带娃，看他点头，又匆匆问他，可不可以直播带娃。

他没有用手机直播过，听粉丝们讲解后，打开手机，登录账号，这才拿着手机走出去。

粉丝们第一次见到他住的地方，弹幕上全都在嗷嗷狂叫：

嗷！好干净啊！

哇！客厅好大啊！

烬哥家里真的好干净好整齐啊！餐桌上还有花哎，是烬哥送嫂子的吗？

地板上都是毛茸茸的毯子哎，应该是担心小宝贝摔倒吧？哇，好贴心啊。

阳台好宽敞，烬哥家的冰箱好大啊，感觉能装下三个我。

这是婴儿房吗？绝了，以后我家婴儿房就要照着这个整！

闻烬走进婴儿房，蒋婉正在跟孩子坐在地毯上玩。

即便孩子不会说话，蒋婉仍温柔地说着什么，虽然听不太清，但众多粉丝都被她温柔的声音所俘获：

嫂子好温柔啊！我身为女孩子我都心动了！

呜呜呜！她真的说话好好听啊！

听这个声音就知道嫂子脾气好好！

看见闻烬进来，蒋婉转过身，有些惊奇地看着他："你不是在直播吗？"

"她们想看我们的日常。"闻烬拿着手机，并没有对准蒋婉的脸，而是问她，"可以吗？"

蒋婉失笑："我们的日常就是带孩子啊，她们想看这个？"

弹幕全都疯狂地打着"想"。

闻烬把屏幕转向她，让她看弹幕。

蒋婉笑了："行啊，但是会很无聊的。"

闻烬找了支架把手机固定好，随后就跟蒋婉一起陪闻永安在玩。

两个人的日常真的简单，白天大部分时间都是陪闻永安在玩，早上的时候，蒋婉和闻烬会起早出门散步，往常两个人都会跑一圈，如今带着孩子跑不了，只能改为散步。

散完步回来，两人会带着孩子去超市。

闻永安很喜欢逛超市，他每次坐在购物车里，都会抬手去拿东西。

超市的理货员和阿姨看见他这么可爱，总会忍不住停下来夸一两句。

卖肉的大妈看见闻永安简直比看见亲孙子还喜欢："我就说，你们俩的孩子肯定好看吧！你看！哎哟，长得可真好！"

她每次身上都会装些小玩具塞到闻永安手里，闻永安冲她一笑，她就能乐一整天。

回来之后，蒋婉就会去厨房做饭，闻烬去带孩子。

直播间的粉丝第一次见烬哥抱着孩子喂水喝，一行人全在弹幕上尖叫：

烬哥好温柔！

烬哥这样又帅又会打游戏又会带娃的男人还有吗？没有的话我待会儿再来问。

没有没有没有！这个世界上除了烬哥再也没有绝世好男人了！呜呜呜我泪目！

午饭做好，闻烬先去吃饭，蒋婉喂完孩子再去吃。

吃完饭，闻烬负责收拾碗筷，蒋婉抱着孩子去洗手间洗漱，再抱到婴儿房，哄孩子午觉。

下午两点。

蒋婉从婴儿房出来，和闻烬两人坐在沙发上，两人靠在一起看电影。

"这个好像之前看过了？"蒋婉在挑电影，偏头问闻烬，"你有没有想看的？"

闻烬摇头。

他从来不看电影。

蒋婉也很多年没看过，也就今年，心血来潮翻了些老旧电影重温。

挑好电影，两个人就聚精会神地看，没一会儿蒋婉就眼皮沉沉地打盹睡着了。

闻烬把声音调小，动作极轻地把人抱起来，送到房间里。

回来时，把直播给关了。

弹幕全疯了：

烬哥要关直播了！不要！

烬哥明天见！

笑死，说明天见的那个什么意思哈哈哈！

闻永安一周岁后，蒋婉也重新开始直播。

这段时间的闻永安都交给闻烬负责。

闻永安基本会在十点之前睡着，偶尔会因为午觉睡太久，晚上闹到很晚都不睡。

孩子还小，不能长时间盯着手机或者电脑，即便闻烬抱着他打游戏，也不能超过十分钟，因而，闻烬时常带他去婴儿房里玩玩具。

闻永安走路比同龄人稳当，时常从这个房间跑到另一个房间，刚会走的孩子，总喜欢到处跑，闻烬也不追，只是坐在原地等。

等了一会儿，见他没回来，出来找了一圈，才发现，他不知何时进了自己的房间，进了他的电竞椅太空舱里，窝在电竞椅上睡着了。

手里还抓着他的耳麦。

闻烬把耳麦从他手里轻轻拿出来，闻永安被弄醒，张着嘴要哭，闻烬赶紧把耳麦塞进他手里，等他闭着眼睡熟了，这才把人抱到婴儿房里。

闻永安性格活泼好动，和闻烬小时候一点儿都不一样。

他学说话很快，记忆力也很好，一岁半的时候就会背诗唱歌，两岁的时候就记得闻烬常用的打野英雄叫什么，三岁的时候，还会点评铜锣烧叔叔太菜。

铜锣烧几人以前都会在闻烬生日的时候过来，自从闻永安出生后，他们会想着给孩子过百天、周岁，包括两岁的生日和三岁的生日。

铜锣烧去年结的婚，老婆是他的粉丝，不，准确来说，是闻烬的粉丝转成了他的粉丝。

说起这个，倒是要多亏当年闻烬过生日时，他们去网吧打的那场比赛，多亏那天下午的几场游戏，让他收获了一个真爱粉，也让这真爱粉变成了现实中的老婆。

其他人也陆续结婚有了女朋友，来参加闻永安生日的部队逐渐壮大。

闻永安年纪虽小，却十分聪明，见过的人，不需要蒋婉提醒，就能准确喊出对方的名字。

现在的孩子时常玩手机，他偶尔也玩。蒋婉会限制他玩手机的时间，一天只能看半小时，他也牢牢遵守。

他比其他同龄的孩子懂事，但也比同龄的孩子更调皮。

闻永安三岁时，在幼儿园很讨喜。

整个幼儿园的老师包括同学都非常喜欢他。

蒋婉每次和闻烬去接他放学时，总会看见他被许多小同学围住，书包里塞满了吃的喝的，身上贴满了小红花。那些小红花每位小朋友都有，但不少小孩子都把小红花又送给了他。

他长得可爱，头脑聪明，嘴巴又甜，走到哪儿都招人喜欢，其他来接孩子的家长才跟他接触不到一分钟，就忍不住惊叹到底是什么样的家长教育出来这样招人疼的小孩。

幼儿园有亲子活动，每到这个时候，来参观的女性会特别多。

她们全都盯着闻烬看。

他没戴口罩，穿一身纯白运动装，个头格外高，在人群中显得分外醒目。

他微微弯着腰，将球拿在手里，递给身边温婉秀丽的女人，微微压低了背靠近她耳侧，冲她低声说着什么。

女人唇角含笑，抬手轻轻打了他一下。

男人面上没什么表情，一抬手，把闻永安提到怀里。

一家三口同框的画面简直好看得像一幅画，负责摄影的老师都忍不住频频把镜头对准他们一家。

后期拍出来的照片，全都贴在了学校的活动墙上。

据学校隔壁的打印店老板说，不少人拿着一个帅哥的照片复印了好几十份。

闻永安四岁生日的时候。

他一大早去了爷爷奶奶的门口。

去年三岁的时候，他问过爸妈，为什么不跟爷爷奶奶住在一起，为什么爷爷奶奶只有他过生日的时候才到家里来看他。

闻烬对此只回了一句："因为我不想看见他们。"

闻永安虽然不清楚发生了什么，却知道爸爸跟爷爷奶奶的关系不好。

蒋婉则安抚他："爷爷奶奶喜欢你，对你好，你也要对他们好，不用在意爸爸的看法。"

"为什么？"闻永安问。

"因为这个世界是公平的。"蒋婉笑着摸他的脑袋，"等你长大就明白了。"

闻永安若有所思地点头。

他不再好奇爸爸和爷爷奶奶之间发生了什么，而是在自己生日时，主动去见爷爷奶奶，收下礼物和祝福后，再回到家里，跟爸爸妈妈，以及爸爸的好朋友一起开心地吃饭过生日。

铜锣烧每次过来都要跟闻烬打游戏比赛，次数多了，闻烬干脆在家里改造了一间游戏室，里面有背对背的十台电竞椅和十台电脑。

只是当初凑人数的蒋婉不用上场了，换成了闻永安。

他拿辅助英雄，全程跟着闻烬。

真正地将上阵父子兵这句话诠释得淋漓尽致。

闻永安三岁的时候就能在闻炽的直播间里用稚嫩的声音解说游戏，还时不时用一些专业术语，引得直播间的粉丝时不时尖叫。

一行人吃完生日蛋糕，全部进了游戏室。

蒋婉和铜锣烧几人的老婆一起收拾完客厅，就进了游戏室，围观他们打游戏。

闻永安话很多，和闻炽的沉默形成鲜明的对比。

他常常从开局讲到游戏结束。

大致内容如下：

"铜锣烧叔叔好菜啊。"

"啊，又死了。"

"他刚刚在想什么？怎么死这么快。"

"爸爸放他一次吧，这样我们还可以多打一会儿。"

铜锣烧时常打着打着就崩溃地冲闻永安喊："哥！我求你了！你别说话了好吗？"

驴打滚笑得捶桌子："以前我们求阿炽多讲两句都不行，我现在终于明白了，这是把话全都留给儿子了！"

闻炽看向铜锣烧，神色认真地问："你喊他哥，喊我什么？"

铜锣烧：……

驴打滚笑出猪叫："哈哈哈！"

围观的其他人全都捂住嘴忍笑。

直播间的粉丝都笑疯了：

宝贝好可爱啊！

炽哥笑死我！

小宝贝生日快乐！

我宣布闻氏父子俩都是搞笑颜值担当！笑死人不偿命的那

种！

宝贝好有打游戏的天赋哦！请一直打下去！

应该是我们小宝贝好有虐人的天赋，请不要客气，继续虐哈哈哈！老阿姨看得好开心！

一下午过去，铜锣烧输了七场，被闻永安这个辅助还杀了六次，打完之后就捂住脸冲自己老婆说："我没脸见人了……"

闻永安小大人似的踩在椅子上，拍着他的肩膀说："别灰心，等我长大了，我可以单杀你六十次。"

铜锣烧：？

这到底是安慰人还是刺激人？

晚上一家三口去超市买菜。

闻永安还在超市里遇到自己的同学，两人小大人似的聊了一会儿天。

回来后，蒋婉问他跟同学聊了什么。

他皱着眉，肉嘟嘟的小脸布满困惑："妈妈，为什么他们都有外公外婆，我没有？"

蒋婉一愣。

"我同学说，他过生日的时候，外公外婆也会来给他过生日，过年的时候，也会去外公外婆家。"闻永安仰着脸看她，"我的外公外婆呢？"

蒋婉半蹲下来，摸了摸他的脸："外公外婆在很远的地方工作，要过几年才能见到。"

"是吗？我也有吗？"闻永安开心起来。

"是的。"蒋婉点点头。

"为什么这么高兴？"她忍不住捏了捏他的脸。

"我同学很喜欢他的外公外婆，说每次去的时候，外公都会带他去河里抓龙虾，我也想要外公带我去抓龙虾。"闻永安笑起来眼睛非常亮。

蒋婉顿了顿，将他抱进怀里："好，等他们回来，让他们带你去抓龙虾。"

她去年年底的时候，去监狱看过一次。

蒋宽旺生了病，监狱给蒋涛打了电话，蒋涛不知道为什么没接到电话，这个电话就打到了蒋婉那儿。

她看见蒋宽旺躺在病床上，看他流着泪哽咽："婉婉……"

她知道他想说什么。

但她不想听。

她留了笔钱就走了。

身后是号啕的哭声。

她从前刚进监狱的时候，天天哭，后来发现，眼泪是最不值钱的东西，她就不愿意哭了，也哭累了。

她回家的路上，看到一只黑色的小狗。

她想起小时候家里养的那条小黑，刚送来的时候还小，胖得圆滚滚的非常可爱，长得大一些，开始喜欢到处啃鞋子。

被母亲追着打了几次后，有一天，蒋婉再也没看见它。

那天晚上，家里的饭桌上多了盆肉汤。

她那天什么都没吃，躲在房间里哭了很久，家里没人在意，只有蒋涛抱着一碗狗肉端进来送给她。

他不知道那是什么肉，只知道好吃。

蒋婉也没告诉他，只是跟他说自己不饿，不想吃。

关于父母的记忆，大多都是不湛回首的。

　　她偶尔努力回想他们很好的一面，回想他们去给她开家长会时脸上的笑容，回想母亲拿着新衣服作为奖励递给她时，那一刻她的欢喜与激动。

　　只是，仅止于此了。

　　所有的一切，都到此为止。

　　暑假的时候，蒋婉带闻永安去了乡下。

　　她找了当地两位朴实的老人家，让他们帮忙扮演一下闻永安的外公外婆。

　　两位老人很高兴，看见闻永安白白胖胖的更是喜欢得不得了。

　　他们年纪快六十了，腿脚却很灵便，长相也十分慈祥。

　　闻永安才跟他们相处不到半天，就非常喜欢这里。

　　他如愿地下河抓到了龙虾，还拍了不少照片。

　　照片里，闻永安戴着遮阳帽，手里举着装着龙虾的小桶，冲镜头咧嘴大笑。闻烬站在他身后，纯白的衬衫上全是泥点子，他皱着眉，一只手捏着一只龙虾。

　　蒋婉正在帮闻烬把龙虾放进桶里，看他这么狼狈，脸上是憋不住的笑意。

　　照片是两位老人帮忙拍的，回来后，蒋婉就把照片洗了出来，放在照片集里。

　　闻永安很喜欢看照片。

　　他记忆力很好，一岁多的时候，去过哪儿，见过哪些人，他都记得。

　　蒋婉会写一张便笺放在照片边上，她担心以后自己老了，记不住照片上发生过的事。

　　她写下一张又一张便笺纸，最后那张照片上，夕阳西下，天边漫着晚霞，闻烬和闻永安一大一小在地里拔草干活，边上两个老人目光慈爱地看着他们。这一幕看着分外美好。

照片是蒋婉拍的。

她在贴纸上写下日期，最后笑着写下一句话：老公和儿子一起拔草。

五岁的闻永安会哭会笑会闹。

和闻烬不一样。

闻烬常常在学校门口，隔着铁栏杆看着闻永安和同学嘻嘻哈哈地打闹，看着闻永安笑得眼睛都眯起来。闻永安的那双眼和自己的很像，瞳仁都是那样的黑，而且笑起来很好看。看着他，闻烬就好像看见了小时候和别人不太一样的自己。

过去的那段时光，被如今这一幕慢慢重叠覆盖。手臂被搂住，闻烬转头，看着蒋婉靠着他的手臂冲他说话。

她的边上是闻烬的父母，两人已经退休了，时常会远远地跟在闻永安身后看着他。

校门被打开。

闻永安迈着小腿，笑着冲了出来："爸爸！妈妈！"

他边说边象一颗小型炮弹一样冲进闻烬的怀里。

闻烬抱住他，将他单手举高架在肩上，左手扶着他，右手牵着蒋婉往家的方向走。

闻永安叽叽喳喳地说着学校好玩的事，边上的蒋婉柔声地问着什么。

闻烬安静地听着。

夕阳的余晖昏黄柔软，遥遥落在他们一家三口的身上。

他的生命，终于完整。

虫 儿 飞

The worm flies

蒋婉发现自己变成了一个小孩。

她低头看着自己小小的手掌，又看了眼身上的旧衣服，红黄相间的布料，又大又肥，穿在身上松松垮垮的，她觉得有些眼熟，好像是小时候邻居送给她的旧衣服。

这件衣服，她穿了好几年。

"好了！小朋友们，大家听话，现在乖乖进教室。"一位年轻老师走了过来，拍着手掌说。

蒋婉这才注意到，她好像在一所幼儿园里，脚下是绿色的人工草坪，周围全是吵闹的孩子，个别老师正在安抚哭闹的孩子。铁栏杆外面站着一些家长，他们正踮着脚在张望园内的孩子们。

她好像不是这个幼儿园的，她小时候的幼儿园很破旧，墙皮不时掉灰，老师也穿着灰簌簌的衣服，根本不像面前的几位老师，年轻漂亮，还十分温柔。

她脱离队伍往外走，却被老师拉住了手："这位小朋友，不可以乱跑哦。"

"老师。"蒋婉开口，声音稚嫩得吓了自己一跳。

"嗯？什么事？"老师温柔地问。

蒋婉摇头。

如果她告诉老师自己不是小孩，老师可能会觉得她有病吧。

"那好，乖乖站好哦，马上要进教室了。"老师说着去安抚另一个孩子。

蒋婉听话地站在好多小朋友的身后，准备排队进教室。

然后，她就看见了被老师牵着走过来的闻永安。

她正要朝他走去，却赫然发现，那个孩子不是闻永安。他脸上没有半点表情，眼睛黑黑的，里面一点儿情绪都没有。

闻烬？

她诧异地喊出声："闻烬？"

闻烬似乎没听见她的声音，面无表情地看着前方，老师拉着他在台上说"今天，我们班来了位新同学，他叫闻烬，让我们鼓掌欢迎他。"

台下的小朋友有些在鼓掌，有些在忙着皮闹，只有蒋婉目不转睛地盯着闻烬，她不明白，为什么他也在这儿。

"来，我们找个位置坐。"老师牵着闻烬下来，为他找位置坐下。

蒋婉举起手："老师，我想跟他坐一起。"

老师笑起来："好，闻烬，我们跟婉婉坐一起好不好？"

闻烬点点头。

他坐下后，就低头把玩手里的一枚国际象棋。

蒋婉在边上问："那是什么？"

闻烬虽然没什么表情，但是愿意开口，声音软糯："象棋。"

蒋婉当然知道那是什么，只是想跟他说说话。而且，闻烬小时候好可爱啊！

"我也会哦。"蒋婉小声说。

闻烬转头看了她一眼，他皮肤很白，一双眼又大又黑，只是脸上没有任何表情，显得那双眼盯着人看的时候，莫名让人觉得有些害怕。

他问："你也会？"

蒋婉点点头。

她老公天天下棋，她当然会。

只是，闻烬好像不记得她是他老婆。

"闻烬。"蒋婉小声叫着他的名字，"你知道我是谁吗？"

闻烬看着她："婉婉。"

"你记得我？"蒋婉睁大眼，高兴极了，"你是怎么过来的？"

闻烬指了指老师："她刚喊你婉婉，我坐车来的。"

蒋婉：……

熟悉的配方，熟悉的闻烬。

没过一会儿，有老师进来叫大家排队坐好，开始发饼干了。

闻烬的饼干刚发下来，就被旁边一个小男孩抢去了，闻烬起身去抢，那个小男孩霸道惯了，当即就动手推他。

蒋婉气得一把推开小男孩，挡在闻烬身前，凶巴巴地冲小男孩喊："你不许推他！"

身后的闻烬愣住。

老师赶过来，被推在地上的小男孩哭得满脸是泪，用手指指着蒋婉哭着说："她推我！"

蒋婉指着小男孩朝老师喊："他抢闻烬的饼干！"

老师拿纸巾给男孩擦眼泪，又问男孩："你是不是抢闻烬的饼干了？"

男孩摇头："我没有。"

闻烬出声："他抢了，还推我。"

"我没有！"男孩愤怒地又哭了。

老师安抚地拍着他的背："好了，好了，别哭了，我们再去拿一块饼干。"

蒋婉拦住老师："老师你不可以这样。"

"他错了，他不该抢闻烬的饼干，他哭你就要哄着他吗？你不可以这样做。"蒋婉说着自己哭了，"你们不能欺负闻烬，不能欺负他……"

边上的闻烬愣愣地把手里的饼干递给她："别哭。"

老师最终给闻烬也多发了一块饼干，还让小男孩给闻烬道了歉，蒋婉这才作罢。

她小声说："我以前跟你说过，如果你早一点儿认识我，我一定帮你狠狠揍那个推你的小孩，你记得吗？"

闻烬表情怪异地看着她，摇摇头问："你也有病？"

蒋婉：……

吃完饼干，老师让大家一起喝水。

那个推人的小男孩又过来了，手里拿着一个水杯，一看就知道要干坏事。

蒋婉凶巴巴地瞪着他："你要再敢欺负闻烬，我就把你……"她想了半天，不知道怎么威胁小孩，最后，牙齿一龇，狠狠地冲他道："把你牙齿打掉！"

那个男孩被吓到，喝水都离她远远的。

蒋婉这才跟在闻烬身后一起去喝水。

"我知道你不喜欢喝水。"她摸了摸他的脑袋，"但是你现在还是小孩子，多喝点水对身体好。"

闻烬喝了口水："你也是小孩子。"

蒋婉看了眼自己，尴尬地缩回手："啊，忘了。"

老师又召集大家一起出来玩游戏。

外面空间极大，有城堡一样的滑滑梯，还有各种动物形状的跷跷板。其他班级的老师正带着孩子玩老鹰捉小鸡，孩子们兴奋得咯咯直笑。

闻烬站在那儿没动。

蒋婉过来拉他："走啊，一起去玩。"

闻烬摇头。

"为什么？你不喜欢？"蒋婉问。

闻烬低着头，不知道在想什么，没说话。

"好了，小朋友们，拉好你们身边同学的手，我们一起出发咯！"老师喊完，拉着一个小孩的手，钻进了城堡的滑滑梯里。

蒋婉赶紧拉着闻烬跟了上去。

他有些抗拒，但是没能甩开她，只能被迫钻了进去。

城堡有长长的廊道，里面是黑的，但是上方有无数个圆孔，有太阳的光亮透进来，一段黑一段亮。

有的小孩子大概怕黑，才刚进去就被吓到了，"呜呜"两声哭了起来。

蒋婉回头问："你害不害怕？"

闻烬摇头："不怕。"

蒋婉握紧他的手："害怕就抓紧我。"

闻烬没说话。

蒋婉走到有光亮的地方，回头看了一眼，闻烬正低着头，看着他们两个人牵着的手。

从滑滑梯下去只需要十秒。

蒋婉先下去了，在底下等闻烬。

她看见闻烬犹豫地坐下来，他似乎害怕身后有人推他，一直回头看。

蒋婉在底下喊："没人敢推你！你下来，闻烬！我接着你！你不要害怕！"

闻烬听到她的声音，定了定神，缓缓地坐着滑滑梯下来了。

蒋婉抱住他："你看，我接住你了。"

闻烬心跳得很快，他看着蒋婉问："你叫什么？"

"我叫蒋婉。"蒋婉冲他笑，"你一直叫我婉婉的。"

现在天天叫老婆。

闻烬点点头，很认真地看着她说："你好，婉婉，我叫闻烬。"

时间过得很快，一转眼就到了中午放学时间。

蒋婉不知道自己要回哪儿，看见闻烬跟着队伍往外走，她就跟在闻烬身后。

来接闻烬的不是他爸妈，而是家政阿姨。

家政阿姨牵着闻烬往车子的方向走，看见蒋婉一直跟着，便问："小朋友，你爸妈呢？"

"我？"蒋婉看了一眼闻烬，又看了一眼家政阿姨，有些尴尬地挠了挠头，"我也不知道。"

家政阿姨笑着说："你到门口等，待会儿你爸妈就来接你了。"

"那个，阿姨，我能不能……去你家吃饭啊？"蒋婉不好意思地说，她声音稚嫩，带着些讨好的乖巧，"我爸爸妈妈今天有事，接不了我。"

"啊，这个我不能……"家政阿姨正要拒绝，手就被闻烬扯了扯。

她低头就见闻烬认真地说："她是我朋友。"

家政阿姨眼珠子瞪大。

要知道，这是闻烬来的第五个学校了。

闻教授说再换下去就没学校可以换，只能在家里请家教了，所以，闻烬在学校能交到朋友这件事简直比过年还令人高兴。

她赶紧去找老师报备，又留了自己的电话和地址，如果蒋婉父母找来，请让他们来这个地址。

随后，家政阿姨就带着蒋婉和闻烬回了家。

"你们想吃什么啊？"开车回到家，家政阿姨就去厨房系上围裙，开始做饭。

蒋婉跟在身后说："不要青菜，阿姨，闻烬一点儿青菜都不能吃。"

家政阿姨愣了一下："闻烬吃青菜的啊。"

"哦，对哦，他现在还没五岁。"蒋婉点点头，随后想起阿姨问什么，她赶紧说，"我什么都吃，不挑。"

家政阿姨觉得她说话有些奇怪，但是小孩子就是这样，她也没在意，朝她笑着说："那你去沙发上跟闻烬玩吧，饭好了我叫你们。"

"谢谢阿姨。"蒋婉道了一声谢，这才去沙发上找闻烬。

闻烬正把西洋棋拿出来，摆在茶几上。

"我跟你下，好不好？"蒋婉坐在他对面。

她以前也不会的，但是闻永安总好奇这些，闻烬教儿子的时候，她就在旁边跟着学，起码是学会了，只是不知道能不能赢过闻烬。

闻烬点点头，问她选黑棋还是白棋。

蒋婉笑笑："我选黑的，你不是喜欢白色吗，给你白的。"

闻烬愣住："你怎么知道？"

蒋婉看了一眼厨房的方向，朝闻烬小声说："我知道的事情多着呢，我还知道，你以后会跟我结婚。"

闻烬怪异地看着她，片刻后问："你没去看医生吗？"

蒋婉：……

他们一共下了两局，蒋婉连输了两局。

蒋婉觉得离谱，闻烬现在不是才四岁吗？

蒋婉不信邪："再来。"

家政阿姨已经过来喊他们洗手吃饭了。

闻烬收拾好象棋："下次。"

蒋婉只好跟着去洗手吃饭。

她看见闻烬在吃青菜，他不挑食，除了生姜不吃，其他的菜基本都吃。

"怎么一直看着闻烬啊？"家政阿姨笑着问，"小朋友，你也吃啊。"

蒋婉回过神："啊，谢谢阿姨。"

她大口吃饭，边吃边朝闻烬的方向笑。

还好，这个时候闻烬还吃青菜，只要她一直待在他身边，是不是就意味着，他以后不会发生那些不好的事情了。

吃完饭，蒋婉习惯性地想帮忙，家政阿姨笑了很久："你才多大啊，这些我来就好，你去玩吧。"

"哦，谢谢阿姨。"蒋婉洗了手，回到客厅，发现闻烬不在。

以前看过的那些大的玻璃瓶也不在，没有实验桌，也没有有机生菜，只有各式各样的国际象棋放在桌上。

她敲门进了闻烬的房间，看见他床上的泰迪熊。

"哇，就是这个泰迪熊吗？果然和我们当时买的很像。"蒋婉走过去，抱起泰迪熊摸了摸。

"我们？"闻烬正坐在书桌前，他手里拿着一个很小的工具，正在磨象棋的边。

"这个象棋怎么了？坏了吗？"蒋婉岔开话题问道。

"我做的。"闻烬递给她，"家里每一副棋都是整的，不能送给你，这个是我做的，刚磨好，送给你。"

蒋婉诧异地瞪大眼："你做的？"

她接到手里，摸了摸，手感温润，材质像玉，她开心极了："谢谢。"

"不客气。"他走出去，洗干净手，然后回到房间开始睡午觉。

蒋婉也去洗手间洗了手和脚，还找了他的衣服换上，又回到房间爬到他床上，跟他一起睡午觉。

闻烬看了她一眼："你为什么睡在我的床上？"

"欸？"蒋婉诧异道，"但是你一直睡在我的床上啊。"

闻烬似乎不理解她在说什么，只是说："这是我的床。"

"嗯，我知道。"蒋婉困了，"没关系，反正以后我们都睡在一张床上。"

闻烬没再说话。

大概第一次有人躺在他床上，他没什么困意，侧躺在床上，一直盯着蒋婉在看。

直到蒋婉醒过来，他还在看。

蒋婉擦了擦口水："你没睡？"

闻烬摇头。

"啊，抱歉，因为我是不是？"蒋婉有些不好意思地坐起身。

他点头："嗯。"

蒋婉：……

你还真是坦诚啊。

蒋婉换上自己的衣服，两人一起被家政阿姨再次送回学校。

下午太阳太大，他们都在室内活动。

孩子们一旦凑在一起，就容易起争执。

不是他抢他的玩具，就是她抢她的玩具。

但是没人敢抢闻烬的玩具，因为蒋婉像只老母鸡一样守在闻烬边上，看着他玩，不让其他小朋友靠近。

"闻烬。"蒋婉凑近他，小声说，"晚上我跟你回家好不好？"

闻烬手里的积木掉了，他愣住："为什么？"

"我喜欢你啊。"蒋婉笑起来，"我会一辈子对你好的，你带我回家好不好？"

良久，闻烬才点头："好。"

放学之前，闻烬把口袋里的饼干拿出来，递给蒋婉："给你吃。"

蒋婉失笑，她从口袋里拿出一份一模一样的饼干递过去："我也给你留了。"

两个人对视。

蒋婉笑着拿起他手里的饼干，他也伸手拿起她掌心的饼干。

他抿着舌尖上的饼干碎屑，不知为何，总觉得这份饼干比以前吃过的饼干都要好吃。

下午放学，是李彩开车过来接的。

看见闻烬边上站着的蒋婉，她有些诧异，笑着说："你就是蒋婉吧？我听阿姨说了，你跟闻烬是好朋友？"

蒋婉点点头："阿姨，晚上我去你们家住可以吗？"

闻烬大概担心母亲不同意，主动牵住蒋婉的手。

李彩看见这一幕，眼神愈发温柔："好，我跟你爸妈沟通，你要是喜欢，以后都住我们家好不好？"

蒋婉点头："好，我愿意的。"

蒋婉不知道她怎么跟自己的父母沟通的，大概只剩下一种办法：用钱打发。

希望这个时候的她不会太贵。

没过多久，李彩就回来了，她笑着说："你爸妈同意了，走吧。"

蒋婉小声问她："你给了多少钱啊？"

李彩大概没想到蒋婉会懂这些，摸了摸她的脑袋："多少都值。"

蒋婉没再问，走到前面，牵着闻烬的手一起坐在车上。

李彩只是回来拿一份文件，家里有家政阿姨在，晚饭已经做好了，李彩连饭都没吃，跟蒋婉、闻烬打了一声招呼后就走了。

闻烬一直送她到门口，看着她出去，才转身回来。

蒋婉跟在他身边，牵着他的手说："没关系，我以后会一直陪着你。"

闻烬看着她，低着头，什么话都没说。

两个人吃完饭，蒋婉洗完手回来就跟闻烬下棋。

不管闻烬做什么，她都跟着，包括闻烬去洗澡。

"怕什么，你这么小，我还能看到什么。"她挤进去，笑着说，"一起。"

闻烬面色古怪地看着她："你出去，男生洗澡，女生不能看。"

蒋婉笑出声："你好可爱哦。"

闻烬直接把门关上。

蒋婉捂住嘴笑起来："阿烬，开门。"

她想起以前闻烬在门口喊她开门，脸上的笑容越来越大。

直到家政阿姨走过来，看着她问："你在干什么？"

蒋婉：……

她挠挠头，尴尬地说："没有，我怕闻烬害怕。"

家政阿娱笑笑："没事，他一个人可以的。"

"哦。"蒋婉拍了拍发烫的脸，好丢脸啊。

闻烬洗完澡，穿着睡衣进了房间。

家政阿姨进去换水，又问蒋婉要不要帮忙，蒋婉摇摇头。

洗手间里有淋浴和沐浴。

看样子闻烬用的是浴缸。

浴缸非常小，儿童款，脚下是防滑垫和毯子，不会摔倒。

浴巾分好几种，大人和小孩的，好几种颜色，大概是用于区分。

蒋婉洗完澡，换上衣服，擦干头发出来，就直奔闻烬的房间。闻烬正躺在床上看动物百科图书。

蒋婉从另一侧爬上去，和闻烬靠在一起，问他："你在看什么？"

"动物。"闻烬把书往她的方向移了移。

蒋婉看到了鲸鱼，图案底下还有字，但是闻烬听家政阿姨读过一遍，就能原封不动地复述出来。

"虽然鲸鱼是世界上最大的动物，但是它们却很温顺，对于人类，它们既不会伤害，也不会把人类当成食物……"

家政阿姨轻手轻脚地开门出去了。

房间里彻底安静下来。

蒋婉闭着眼，听见闻烬下床的声音。

等他开门出去，她才从床上下来，跟了上去。

闻烬走到客厅，四周一片漆黑，他打开灯，走进厨房，把厨房里的饮料拿了出来。

饮料被打开的一瞬间，他看见蒋婉走了过来。

她笑着问他："我可以喝一点儿吗？"

他们坐在茶几上，小口地喝饮料。

"不好喝，不够新鲜，下次我榨新鲜的果汁给你喝。"她说着放下杯子，带着闻烬一起去刷牙漱口。

蒋婉用毛巾擦完脸后，自然地给闻烬擦脸。

闻烬从镜子里看着她，问她："你为什么对我这么好？我妈妈没有付钱给你。"

"因为我喜欢你啊。"蒋婉捏了捏他的脸，"我要你也对我好。"

"就这样？"闻烬问。

"对，就这样。"蒋婉牵着他，回到房间。

两个人一起手牵手躺在床上，蒋婉侧躺着看着他："你先睡。"

闻烬摇头："我睡不着。"

"那我给你唱歌。"蒋婉清了清喉咙，唱了首《虫儿飞》。

"黑黑的天空低垂，亮亮的繁星相随，虫儿飞，虫儿飞……"闻烬缓缓地闭上眼。

直到蒋婉以为他睡着的时候，才听他呓语似的说了句："好难听。"

而她已经陷入沉沉的睡梦中，唇角带着满足的笑意。

闻烬喊了蒋婉好几声，见她还不醒，嘴里还哼哼唧唧地在唱歌，忍不住说了句："好难听。"

闻永安从房间里跑来，见蒋婉还在床上，问："妈妈怎么还不醒？"

"做梦了。"闻烬给她盖好被子。

闻永安好奇地问："她梦见什么了？"

"不知道，应该是个美梦。"闻烬说。

"为什么？"

闻烬摸了摸蒋婉的脸说："她一直在笑。"

End

唇
齿

图书在版编目（CIP）数据

唇齿 / 苏玛丽著.
—武汉：长江出版社，2022.4
ISBN 978-7-5492-8260-9

Ⅰ. ①唇… Ⅱ. ①苏… Ⅲ. ①言情小说－中国－当代
Ⅳ. ①I247.5

中国版本图书馆CIP数据核字(2022)第052739号

唇齿 / 苏玛丽 著

出　　版	长江出版社			
	（武汉市解放大道1863号　邮政编码：430010）			
选题策划	漫娱图书　李苗苗			
市场发行	长江出版社发行部			
网　　址	http://www.cjpress.com.cn			
责任编辑	李恒			
特约编辑	熊璐			
总 策 划	幸运鹅工作室			
插　　画	Nutdream　鲜奶麻薯　轻松不轻松	**开本**	889mm×1230mm　1 /32
装帧设计	刘江南　罗琼	**印张**	8.25
印　　刷	武汉鸿印社科技有限公司	**字数**	210千字
版　　次	2022年4月第1版	**书号**	ISBN 978-7-5492-8260-9
印　　次	2022年5月第1次印刷	**定价**	46.80元